오늘도 힘을 내 보아요!

TO. _____

오늘도 힘을 내 보아요!

발행일   2017년 12월 6일

사진·글   김 아 혜
펴낸이   손 형 국
펴낸곳   (주)북랩
편집인   선일영   편집   이종무, 권혁신, 오경진, 최예은, 오세은
디자인   이현수, 김민하, 한수희, 김윤주   제작   박기성, 황동현, 구성우
마케팅   김회란, 박진관, 김한결
출판등록   2004. 12. 1(제2012-000051호)
주소   서울시 금천구 가산디지털 1로 168, 우림라이온스밸리 B동 B113, 114호
홈페이지   www.book.co.kr
전화번호   (02)2026-5777   팩스   (02)2026-5747

ISBN   979-11-5987-895-4 03810(종이책)   979-11-5987-896-1 05810(전자책)

이 도서의 국립중앙도서관 출판예정도서목록(CIP)은 서지정보유통지원시스템 홈페이지(http://seoji.nl.go.kr)와
국가자료공동목록시스템(http://www.nl.go.kr/kolisnet)에서 이용하실 수 있습니다.
(CIP제어번호 : CIP2017031844)

(주)북랩 성공출판의 파트너
북랩 홈페이지와 패밀리 사이트에서 다양한 출판 솔루션을 만나 보세요!
홈페이지 book.co.kr • **블로그** blog.naver.com/essaybook • **원고모집** book@book.co.kr

김아혜 감성포토 에세이

오 늘 도
힘 을
내 보아요!

웃어요!
우리 웃으며 살아가요!

당신은 할 수 있어요.
오늘도 힘을 내 보아요. 화이팅!

북랩 book Lab

Prolog…

인생이라는 게 좋은 일들만 생긴다면 참 좋겠지만,
인생에는 좋지 않은 일들도 많이 일어난다.
나를 포함한 이 세상의 사람들이
각자만의 고민으로 하루하루 힘들게 살아가고 있다.
나에게 다른 사람들의 인생은 행복해 보였지만,
내 인생은, 내 미래는, 그들과는 달리 너무나 불안하게만 느껴졌다.
오랜 기간 동안 그 불안감과 싸우며 살아왔다.

그럴 때마다 나는 스스로를 지키기 위해,
내 마음을 지키기 위해 글을 썼다.
나를 위한 글을 썼다.
그리고 마음이 흔들릴 때마다 불안할 때마다
그 글들을 다시 꺼내 읽어 보며
내 마음에 스스로 반창고를 붙여 주었다.
그때 문득,
'나의 마음을 달래 준 내 글들이
나뿐만 아니라 나와 같은 상황, 나와 같은 고민과 생각으로
힘들어 하고 있는 사람들의 마음에도
반창고를 붙여 줄 수 있지 않을까?'라는
생각이 들었다.

하지만 내가 이렇게 불안을 많이 느끼는 사람이라는 걸
드러내고 싶지 않아 이 책을 내기 전에 많은 고민을 하였다.
불안을 많이 느낀다는 것이, 힘들다는 것이
자랑할 일이 아니라고 생각했었다.
그리고 사람들이 나를 보고
'저 사람은 행복한 사람인 거 같아.'라고 생각하길 바랐기에,
이런 솔직한 나를 드러내는 게 두려웠다.

그렇지만 많은 사람들이 인생을 살아가며
고난을 경험하고, 고민을 하며 살아가고 있는데,
내 글들이, 내 생각들이 그 사람들에게 조금이나마 도움이 된다면
용기를 내서 나를 드러내 보고 싶다는 생각도
어느새 내 마음 한 켠에 자리 잡고 있었다.

그래서 내가 힘들 때 나 자신을 위해 작성했던
글들을 하나하나 이 책에 담아 보았다.

이 책을 읽는 사람들의 마음에
나의 글들이 조금이라도 좋으니
공감과 치유를 선물해 주기를 바라며
오늘도 나는 힘을 내 본다!

CONTENTS

나만의 속도 !

조급함을 버리고 내 속도에 맞춰서 나아가자.

성격이 조급해서
무언가 빨리빨리 이루어지지 않고
결과가 나오지 않으면 불안하기만 했다.

성격이 조급해서
다른 사람들이 성공을 하고 성취하는 걸 보면
왜 나는 아직 못 이루었지 하며 불안하기만 했다.

성격이 조급해서
결론적으로는 불안하기만 했다.
얻은 건 하나도 없었다.

이런 나에게, 그리고 나와 같은 사람들에게 말해 주고 싶다.

꼭 빨리 갈 필요는 없다고.

1등만이 중요한 건 아니라고.

오버 페이스로 달려서

매번 지치고 포기하지 말고,

천천히 가도 되니 너만의 속도로 가라고.

무언가 이루어지고 결과가 나오려면

각자 걸리는 시간은 다 다르고

꼭 빨리 간다고 더 큰 성공을 하는 건 아니라고.

그냥 너만의 속도로 가며 그 과정을 즐기라고.

지금 이 순간을 즐기라고.

그러다 보면 언젠가는 결승점에 도착할 거라고.

아니. 솔직히 말하면 도착하지 못할 수도 있다.

하지만 이렇게 너만의 속도로 가며 그 과정을 즐겼다면

그것만으로도 충분히 의미가 있다고.

넌 최선을 다했으니.

그 과정이 너도 모르는 사이에 너를 성장시켰을 거라고.

그러니 앞으로는 조급함을 버리고,
나만의 속도, 자신만의 속도에 맞춰서
차근차근 한발한발 앞으로 나아가자!
다른 사람들의 성공에 조급해 하지 말자!

다시는 돌아오지 않는다 !

누구나의 인생에는 끝이 있다.
누구나 각자에게 주어진 한정된 시간이 있다.
하지만 우리는 자주 이런 소중한 인생,
소중한 시간들을 낭비하곤 한다.

걱정한다고,
좌절한다고,
분노한다고,
낭비하고 있다.
다시는 돌아오지 않을 소중한 순간순간들인데
그냥 흘려 보내 버린다.

그래서 나는 손목시계를 차고 다닌다.
이런 실수를 줄이기 위해!

손목에 채워져 있는 시계를 볼 때마다
다시금 인생과 시간의 소중함을 느껴 본다.

그리고 지금 나에게 주어진 시간에 감사하며 열심히 살아 본다.

알 수 없는 일정 !

내 인생의 나날이 어떨지,
내 인생의 결말이 어떻게 날지는 알 수가 없다.

그래서 나는 너무나 불안했다.
알고만 싶었다. 그리고 확인받고 싶었다.
내 인생의 나날은 행복할 거라고,
내 인생의 결말은 해피엔딩일거라고!
하지만 불가능했다.
이 세상을 살아가는 모든 사람들에게 다 불가능한 일이다.
사실 너무 불안해서 철학관을 찾아가서 사주도 보곤 한다.
하지만 사주란 게 완전히 못 믿을 것도 아니지만,
완전히 믿을 수 있는 것도 아니기에
사주가 아무리 좋게 나와도 나의 불안은 가라앉지 않았다.
다만 좋은 사주라고 들으면 잠시 기분은 좋았다.

이런 내가 할 수 있는 건,
단지 내 인생의 나날이,
그리고 내 인생의 결말이 행복할 거라고 믿으며
최선을 다해 살아 보는 거!
그래! 그것 뿐이다!
최선을 다해 하루하루 살아 보는 거!

꿈 앞에서 넘어지지 않기 위해서 !

내 꿈은 사람들을 행복하게 해 주는 사진가이다.
그래서 내가 찍은 사진, 그리고 내가 쓴 글로 이루어진
책을 내고 싶다는 꿈을 꿨다.
내 사진과 내 글로 사람들을 힐링시켜 주고 싶다는 꿈을 꿨다.
마음을 위로해 주는 따뜻한 사람으로 알려지고 싶은 꿈을 꿨다.

꿈을 이루기 위해 나름 열심히 했는데
이루어지는 것도 없고 진전이 없으니 너무나 불안했었다.
왜 안 되는 건지 생각을 하고 또 생각을 해도 이유를 찾는 게
쉽지 않았다.

내 사진들을 보며 내 글들을 읽어보면 참 괜찮아 보였는데,
내 눈에만 괜찮아 보이는 건가 하는 생각도 들었다.

다른 사진가들에 비해 사진으로 자리 잡는 게 느리게만 느껴졌다.
그래서 계속 조급하고 불안했다.

그때마다 나는 계속 그런 나를 달래 주어야 했다.

'조급해 한다고 바뀌는 건 없어.

불안해 한다고 바뀌는 건 없어.

소중한 꿈이기에 이렇게 힘들어 하다가 포기할 수는 없잖아.

아직 내 꿈이 이루어질 때가 오지 않았을 뿐이야.

내 꿈은 -ing 진행상황이야.

아직 이루어지지 않았다고 실패한 게 아니야!

조금씩 조금씩이라도 내 사진들을 좋아해 주는 사람들이

생기고 있잖아!

언젠가는 많은 사람들이

내 사진으로 힐링을 받는 날이 꼭 올거야.'라며

나 스스로를 격려해 주었다.

이렇게 스스로를 격려해 주다 보니

꿈 앞에서 힘들고 포기하고 싶을 때도 다시 일어서서

나아갈 수가 있었다.

나처럼 꿈 앞에서 힘들어 하는 사람들에게 이 말을 해 주고 싶다.

"꿈이 이루어지지 않아 지치고 힘들다면

포기하기에 앞서

자기 자신을 응원해 주고 다시 한 번만 더 도전해 보세요."

나는 충분히 많은 걸 가지고 있다 !

원하는 모든 걸 가질 수는 없다.

헌데 나를 포함한 이 세상을 살아가는 우리의 욕심은

끝이 없는 것 같다.

무언가 하나를 이루고 나면 잠시 후 그보다 더 큰 걸 원하고,

그걸 또 이루고 나면 더욱 더 큰 걸 원하며,

지금 가지고 있는 것에 만족하지 못하고 감사하지 못하곤 한다.

지금 가지고 있는 것들은 당연한 것으로 여기게 된다.

그러니 가지고 있지 않은 것들에 대한 욕심을 부리기 보다는,

내가 가지고 있는 것들이 무엇인지 찾아보고

그것들에 감사하며 살아가는 게

삶을 행복하게 살아가는 방법이다.

생각해 보면 나도 충분히 많은 것들을 가지고 있다.

나에게는

내 꿈을 응원해 주고

나를 든든하게 지켜 주는 가족이 있다.

잔병치레는 자주 하지만

그래도 큰 건강 문제는 없이 잘 살아가고 있다.

내가 좋아하는 사진 찍는 일을 할 수 있는 능력이 있다.

자신이 어떤 것들을 가지고 있는지 한번 쭉 써 보는 걸 추천한다.

그러면 깨달을 수 있을 것이다. 지금도 많은 걸 갖고 있다는 걸.

그리고 잊지 말자! 그 사실을!

충분히 많은 것들을 가지고 있다는 것을!

인생의 끝은 누구에게나 있다 !

나는 유난히 인생이, 그리고 지금 누리고 있는 행복들이
끝나는 것을 두려워했다.
아직 청춘이면서 언젠가는 맞이해야 하는 인생의 끝이 두려웠다.
그 끝이 언제인지 모르기에 너무나 두려웠다.
그리고 지금 살아가고 있는 이 순간도 사실 행복한데
그 행복에도 끝이 있을거란 생각이 나를 힘들게 했다.

하지만 이 세상 모든 사람들의 인생에는
그리고 모든 일에는 끝이 있다.
누구나 한 번은 경험하는 그 끝을 두려워한다고
나에게 주어진 소중한 시간들을 낭비하고 있었다.
내가 두려워한다고 끝을 피할 수 있는 것도 아닌데!
그리고 지금의 행복에도 끝이 올 수도 있지만,
이 세상에는 셀 수도 없이 다양한 행복들이 있고,
그 행복들이 나를 찾아올 수도 있다.
또한 끝이 있기에 지금 주어진 시간들,
행복들을 더 소중하게 느낄 수 있는게 아닐까?
그리고 행복에도 끝이 있듯이 고통에도 끝이 있다.
고통 앞에서는 '끝'이라는 존재가 얼마나 고마운가.
고통이 끝없이 이어진다면 얼마나 힘들겠는가. 상상도 하기 싫다.
끝이 있기에 우리는 살 수 있다.
그러니 끝을 두려워하지 말고
오늘 하루, 집중하며 열심히 살아 보자.

누구나 힘들다 !

텔레비전 채널을 돌리다가
우연히 혜민스님께서 강연을 하는 프로그램을 보게 되었다.
평소 존경하던 분이라 리모컨을 내리고 강연을 보았다.
강연 자체도 좋았지만 강연 후에 진행해 주신
명상의 시간이 나에게 많은 위로가 되었다.

혜민스님의 명상 유도문에 따라
강연에 참석한 방청객들이 명상을 하는 모습을 멍하니 바라보았다.
힘들고 지친 자기 자신을 위로해 주고
잘 하고 있다고 격려해 주는 주제의 명상이었다.

많은 방청객들이 아주 짧은 시간 밖에 흐르지 않았는데도
눈물을 흘리고 있었다.
그 모습을 보니 나도 같이 눈물이 났다.
그 전까지 나는
'왜 나만 이리 힘든 거야.
내 인생은 왜 이리 계속 실패만 하는거야.'라며
스스로를 비난하며 살고 있었다.

그런데 그게 아니라는 걸 그 순간 깨달았다.
이 세상을 살아가고 있는 다른 모든 사람들도
자신만의 문제에 치이고 힘들어 하며
살아가고 있다는 걸 방청객들의 눈물을 통해서 느꼈다.

괜스레 창피해졌다.
모든 사람들이 인생을 살아가면서
힘들어 하고 있는데 나는
나만 힘들다는 착각 속에서
살고 있었다는 게!

잊지 말자!
이 세상을 살아가는 사람이라면 누구나 다 힘들다!
처음 사는 인생이고, 알 수 없는 게 인생이기에!
우리 마음먹은 대로 다 되는 그런 인생은 없기에!

누군가에게 무언가를 해 줄 때에는 !

누군가에게 무언가를 해 줄 때는 무언가를 바라고 해 주어서는
그 일로 느낄 수 있는 행복이 확 줄어든다.

감동을 받은 표정이든, 고맙다는 표현이든, 선물이든, 경제적인 대가든,
어떤 것이든 바라고 하게 되면
기대했던 것들을 받지 못하는 순간,
그 일로 인한 행복과 만족은 없어지게 된다.

물론 어떤 반응이든 좋으니 받으면 더욱더 좋겠지만
반드시 반응을 얻을 수 있는 건 아니라는 사실을
마음속에 새겨 두어야 한다.

나도 누군가에게 무언가를 해 줄 때는
무언가 반응을 기대하고는 했다.
하지만 대부분 내가 바라던 반응은 나오지 않았다.

예전에 새집으로 이사했을 때였다.
아빠께서 침대 옆에 놓을 탁자가 필요하다고 하셨다.
쇼핑을 하다 딱 맞는 탁자를 발견하여
아빠가 좋아하시겠다는 생각에 고민도 하지 않고 구매를 해서 왔다.

그런데 DIY 탁자라서 직접 조립을 해야 했다.
설명서가 들어 있지 않아서 조립이 쉽지 않았었다.
살 때 보았던 모양을 열심히 떠올려서 만들어야 했다.
설명서가 없다 보니 처음에는 잘못 만들어
다시 풀어서 힘들게 완성을 했다.

그리고 아빠께 가져다 드렸는데
마음에 든다는 말씀도, 고맙다는 말씀도 없이
좀 더 벽에 붙는 거였으면 좋겠다고만 하셨다.

힘들게 만들었는데 서운했다.
고맙다는, 수고했다는 그 말 한마디 듣고 싶었던 거 뿐인데…….
확실히 만족도가 떨어졌다. 탁자는 예쁘게 잘 만들어졌는데도!

그때 내가 단순히 아빠를 위해서가 아니라
아빠한테 고맙다는 그 인사를 듣고 싶어서
그렇게 열심히 만들었다는 걸 깨달았다.

그리고 내 자신에게 말했다.
아빠를 위해서 내가 무언가를 했다는 그 사실만으로도,
탁자를 예쁘게 잘 완성했다는 것만으로도,
충분히 의미 있고 잘한 일이라고!
그러고 나서 다시 잘 만들어진 탁자를 보니 만족감이 느껴졌다.

그리고는 앞으로 누군가에게 무언가를 해 줄 때에는
무언가를 바라고 해 주는 게 아니라
그 사람이 필요로 하는 무언가를 해 주었다는 그 자체에
만족하자고 다짐했다.

더불어 누군가가 나에게 무언가를 해 준다면
다른 건 몰라도 최소한의 감사의 표현은 잘해야겠다고 다짐했다.

나의 만족과 행복을 위해!
다른 사람들의 만족과 행복을 위해!

화를 가라앉히는 지혜 !

사람들이 화를 낼 때는 순간의 감정에 치우쳐
자신이 화를 내고 있다는 사실을 잘 인지하지 못 하는 것 같다.

그리고 어떤 사람들은 이건 화가 아니고
정당한 표현이라고 합리화하는 것 같다.
때로는 나의 권리가 침해당했기에 이 화는 당연한 거라고,
상대에게 변화가 필요한데 그 변화를 위한 말이라고.

이 두 가지만 해결해도 화가 많이 줄어드는 것 같다.

아빠께서 다혈질적인 성격이셨는데,
고치시기 위해 노력을 하셨다.
화가 나는 순간 화가 났음을 인지하려 하셨고,
인지하는 순간 화를 가라앉혀야겠다는 생각이 드셨다고 하셨다.
고치려는 의지가 있는 사람이라면
자신이 화가 났음을 인지하는 순간 노력이 시작되는 것 같다.
이것이 화를 가라앉히는 시작점인 것 같다.

그리고 살아가다 보면 어쩔 수 없이 피해를 받을 수도 있음을
어쩔 수 없이 오해를 받을 수 있음을
받아들임으로써 마음이 한결 편해진다.
물론 받아들인다고 무조건 화가 가라앉는 건 아니지만
나만 이렇게 억울한 걸 경험하는 게 아니라는 사실 자체가
그 피해로 인한 억울함을 조금이라도 줄여 주고
화를 조금이라도 줄여 준다면
충분히 의미 있지 않을까?

마지막으로 누군가가 나에게 화를 내는 게 싫은 것처럼
모든 사람들이 자신에게 화를 내는 건 싫어한다.
그게 화내는 사람 본인은 좋은 의도를 가진 거라 할지라도
그건 상대에게 도움이 되기보다 상처가 되고
또 다른 분노를 일으키는 경우가 더 많은 것 같다.

역지사지로 누군가가 우리에게
"너에게 도움을 주기 위한 거야."라며 화를 낸다고 생각해 보자.
도움이 되기는 커녕 기분이 상하고 화가 나게 된다.
그러니 그 사람에게 진짜 도움이 되고 싶다면 화를 내기 보다는
커피 한 잔을 함께 마시며 대화를 나누는 게 더 현명한 방법인 것 같다.
이 세상 그 누구도 누군가의 화를 참고 들어야 할 의무는 없으니!

나 스스로에게 말한다 !

나 스스로에게 말한다.
나는 강하다.
나는 강하다.
나는 생각보다 강하다.
나는 점점 더 강해지고 있다.

나 자신에게 이렇게 말해 보는 것만으로도
마음이 한결 강해지는 것 같다.

틈틈이 마음이 흔들리고 두려울 때마다
반복해서 나 스스로에게 말해 준다.

긍정의 힘을 믿는다 !

학창시절부터 나는 책을 통해 접한
긍정의 힘을 믿었다.
아니, 어떻게 보면 믿고 싶었던 것 같다.
간절히 원하면 다 이루어진다는 그 말을 믿고 싶었다.
하지만 간절히 원한다고 다 이루어지는 그런 인생,
내가 마음먹은 대로 다 되는 그런 인생은 어디에도 없었다.

그리고 나 같은 경우는 좋은 일들만 생겨야 한다는 생각으로
좋은 일들에 집착하는 성향으로 바뀌어 있었다.

오히려 내 인생에 나쁜 일은 절대 생겨서는 안 된다는
이상한 생각을 내 마음속에 심게 되었다.

그 결과,
내 마음속에 안 좋은 일들에 대한 심한 불안을 심게 되었다.
한때는 내가 긍정의 힘을 왜 믿었을까 원망을 했을 때도 있었다.

하지만 잘못은 긍정의 힘을 믿은 것에 있는 것이 아니라,
내가 긍정의 힘을 잘못 해석한 것에 있었다.
긍정의 힘은 무조건 내 인생에 좋은 일들만 생길 거라는
믿음이 아니었다.

진정한 긍정의 힘은 이것이었다.
인생을 살아가다 보면 좋은 일도 생길 수 있고,
내가 원치 않은 시련도 닥칠 수 있다.

하지만 좋은 일이 생기면 좋은 일이 생겼음을 감사히 여기고,
시련이 닥치면 그 시련에 굴복하고 좌절하는 게 아니라,
지혜롭게 그 시련을 잘 극복하고
내 인생을 계속 잘 살아갈 수 있다는 믿음이
'진정한 긍정의 힘'이었다.

나 스스로 잘못 해석해 놓고,
긍정희 힘 자체를 원망하고 있었던 것이다.
진정한 긍정의 힘을 깨닫고 나니
긍정의 힘을 원망한 게 괜스레 창피했다.

고로 긍정의 힘은 진짜 존재한다.
힘든 일이 생겼을 때
나는 이 고난들을 잘 극복해 낼 수 있다는 믿음이
나를 지켜주었고,
그 고난에서 벗어날 수 있게 해 주었다.

명심하자!
그 누구의 인생도 좋은 일만 있을 수는 없다.
그 누구의 인생에도 시련은 찾아온다.
하지만 우리에겐 그 시련을 잘 극복하고 적응하며
인생을 계속 잘 살아갈 수 있는 잠재된 능력이 있다.

조금씩이라도 변화되어 감에 감사하다 !

하루아침에 내가 원하던 그런 내가 될 수 있다면 얼마나 좋을까?
하지만 절대 불가능하다.
한 번에 완벽하게
내가 원하는 대로 변하는 건 절대 불가능하다.

하지만 조금씩 조금씩은 나를 변화시킬 수 있다.
그리고 그러다 보면 곧 내가 원하던 그런 내가 되어 있을 것이다.
그러니 조금씩 조금씩이라도 좋게 변화되어 감에 만족하고,
감사히 여기며,
하루하루 최선을 다해 살아가자!

나만이 나를 완벽히 이해해 줄 수 있다 !

내가 힘들 때

그 힘듦을 주변 사람들이 몰라주면 왠지 서운했었다.

나는 너무 힘든데 부모님은 내가 힘든지도 몰라 주시고

"너는 왜 이렇게 행동해. 이거 고쳐."라는 말을 하시곤 하셨다.

부모님은 물론 나를 위하는 마음에서 하시는 말씀이셨지만,

그것 때문에 아니, 그것뿐 아니라 다른 스트레스들 때문에,

그리고 몸 곳곳에서 느껴지는 통증들 때문에,

나 스스로도 힘든 상황을 버텨내고 있었는데,

그 마음을 이해해 주지 않으셔서 괜히 서운했었다.

그런데 생각해 보면

내 마음을, 내 상태를, 내 상황을, 내 고통을

정확히 아는 사람은 나 자신뿐이었다.

제일 가까운 사람이라도, 부모님이라도 나를 정확하게 알 수는 없고,

부모님이라고 해서 나를 정확하게 알고,

이해해 주셔야 하는 의무는 없었다.

부모님도, 친구도, 연인도, 그 누구도 그래야 하는 의무는 없다.

그러니 무작정 강요를 해서도, 무작정 서운해해서도 안 되는 것 같다.

이 세상에서 단 한 명만이 가능하고
단 한 명만이 이 의무를 가지고 있는 것 같다.
바로 나 자신!
그 누구도 나를 이해해 주지 않고,
위로해 주지 않더라도,
나 자신만은 나를 이해해 주고 위로해 주고 응원해 주어야 한다.

충분히 열심히 살아가고 있다고,
곧 괜찮아 질거라고,
무슨 일이 생기더라도 절대 포기하지 않을 거라고.

그리고 다른 사람이 완벽히 나를 이해해 줄 수 없는 것도
인정해야 한다.

누군가가 내가 힘들다는 것을 알아준다고 생각하면
많은 위로가 되긴 한다.
그 사람이 단 한 사람, 바로 나 자신이라 할지라도
효과가 있지 않을까?

그래서 나는 힘든 일이 생기면
나 자신에게 이야기하곤 한다.

'많이 힘들지. 힘든 게 당연해.
누구든 이 상황이면 화나고 힘들 거야.
너가 나약한 게 아니야.
넌 충분히 열심히 하고 있고, 곧 괜찮아 질 거야.'라고!

왠지 욱이 올라온 날 !

왠지 화나는 일이 많은 날이었다.

화를 내고는 후회가 됐다.

화를 낸 나 자신을 반성하며

'화가 잘 나는 사람들의 특징은 무엇일까?'라는 생각을 했다.

첫째, 피해의식이 많은 것 같다.

모든 게 다 내가 무시를 당해서 겪는 일들이라는

생각을 가지고 있는 것 같다.

이 세상에 완벽한 사람은 없기에 사람을 만나고 관계를 맺으며

살아가다 보면 의도치 않게, 때로는 장난으로 한 말과 행동으로

사람들에게 상처를 주게 된다.

하지만 화가 잘 나는 사람은

이 모든 게 사람들이 자신을 무시해서라고

해석하는 경향이 있는 것 같다.

둘째, 이 세상의 모든 게 자신이 계획한 대로,
자신이 원하는 대로 되어야 한다는 억지를 부리는 것 같다.
그래서 자신이 계획한 대로 원하는 대로 되지 않으면
그 상황에 그리고 그 상황과 관련된 사람들에게 화를 낸다.
신이 아닌 이상 인생이 자기 뜻대로 완벽히 돌아가는 사람은 없는데
자기도 모르는 사이에 자신이 원하는 대로만 되어야 한다는
억지를 부리게 되는 것 같다.

셋째, 다른 사람들이 자신을 무조건 이해해 주고 인정해 주고,
좋아해 주기를 바라는 것 같다.
자신이 말하지 않아도 알아주기를 바라는데 알아주지 않으면
알아주지 않음에 화가 나고,
자신의 고통을 이해해 주고 함께 해 주기를 바라는데,
내 고통을 별거 아닌 것처럼 여기면 화가 난다.
하지만 모든 사람들이
다른 사람보다는 자신에게 마음의 문이 향해 있기에
항상 다른 사람을 알아주고 이해해 주고
좋아해 줄 수는 없는 것 같다.
하지만 그래 주기를 바라고 그러지 않음에 화를 내는 것 같다.

넷째, 상처 받는 걸 죽도록 싫어하는 것 같다.

이 세상을 살아가는 그 누구도

살아가며 상처를 안 받고 살아갈 수는 없다.

누구나 받는 그 상처를 나만은 받지 않고 싶다는 생각은

누구나 갖고 있다.

하지만 화가 잘 나는 사람은

'절대 그 누구도 나에게는 피해도, 상처도 주어서는 안 된다'는

억지스러운 마음을 가지고 있는 것 같다.

그래서 조금만 나에게 피해를 주고,

상처를 주는 행동을 하면 불같이 화를 내는 것 같다.

화를 내면 상대도, 같이 있는 사람도 힘들지만,

그 누구보다도 나 자신이 힘들다.

자기 자신이 소중하다면,

화를 줄이도록 노력하는 자세가 필요하다.

그러기 위해 말이든, 행동이든, 상황이든,

내 마음대로 과대해석을 하지 말고,

모든 게 완벽해야 한다는 욕심을 버리고 살아가야 한다.

살아가다 보면 이 세상 모든 사람이 오해도, 상처도, 피해도

경험하게 된다는 사실을 다시금 마음에 새겨야 한다.

두려움에 지지 않을 것이다 !

무엇을 새로 시작할 때도 두려움이 느껴지고,
무언가를 열심히 하고 있을 때도 두려움이라는 감정이 느껴지고,
몸이 아플 때에도 두려움이라는 감정이 느껴진다.
시도 때도 없이 두려움이라는 감정이 나를 흔든다.
하지만 나는 이런 두려움에 굴복하지 않을 것이다.
절대 두려움에 지지 않을 것이다.

사실 이 책을 쓰기 전에도 두려움이 마음속을 휘몰아쳤다.
많은 작가분들이 표절의혹에 시달린다는 이야기를 들었다.
나도 살아오면서 많은 책들을 읽었고,
그 책들이 나를 변화시켰고 성장시켜 왔기에,
내가 쓴 글들에도 내가 읽은 책들에서 배우고 깨달은
내용들이 담길 텐데, 그러다 보면 의도치 않은 표절이 생기지 않을까,
그리고 그로 인해 글을 표절했다는 오해가 생기고
사람들에게 욕을 먹게 되지 않을까 하는
두려움이 생겼다.
내가 이해한 방식, 내 이야기와 함께 적겠지만,
이 세상에는 많은 글들이 나와 있고 비슷한 글들이 많은 만큼
사람들의 오해를 살까봐 두려웠다.

하지만 그게 두렵다고 내 이야기로 사람들을 위로해 주고 싶다는 꿈을
포기할 수는 없었다.
내 글을 읽고 싫어하는 사람도 비판하는 사람도 있겠지만
분명 내 글들로 위로를 받는 사람들도 있을 테니까.
내 진심은 반드시 통할 거라고 믿으니까
두려움에 굴복하지 않고 도전하기로 결심했다.

미래에 생길 불행을 두려워하며
시작을 주저하게 되면
많은 분들이 이야기하듯
진짜 우리가 인생을 살아가며 할 수 있는 것들은
너무나 한정된다.
그러면 인생이 너무 지루하고 재미없지 않을까?

두렵더라도
앞으로도 주저앉지 말고
앞으로 쭉쭉 걸어가 보자.
나아가다 문제가 생기면 해결해 가며…….

나를 지키기 위해서 !

생활하다 보면 나를 불안하게 하는 상황들이 계속해서 생겨났다.
그때마다 나는 흔들리고 또 흔들렸다.
이런 상황들이 생기는 게 너무나 원망스러웠고, 너무나 힘들었다.

그래서 이런 나를 지키기 위해서,
조금이라도 내 마음을 편하게 해 주기로 했다.
그러기 위해
이렇게 나를 힘들게 하는 것들을 단순히 힘든 일이라 생각하지 않고
나를 성장시키기 위한 수련의 과정이라 여기기로 했다.
화가 나도 바로 욱하지 않고 조금씩 화를 가라앉히는 연습,
짜증이 나도 한 타임 쉬며 가라앉히는 연습,
불안해도 무시하고 일상생활을 하며 살아가는 연습 등등을
할 수 있는 기회로 여기기로 했다.

이것들을 경험하지 않았다면 힘들지는 않았겠지만
나의 안 좋은 점들을 절대 변화시키지 못하고
내 속에 숨어 있다가 순간순간 얼굴을 드러내며
나를 힘들게 했겠지.

그러니 어떤 일이든 나를 위한 성장의 기회로 여기며
살아가기로 했다.

친구라는 존재 !

친구!

어렸을 때부터 나는 친구라는 존재를 좋아했었다.

하지만 내성적인 성격과 상처를 잘 받는 성격 때문에

친구를 잘 사귀지 못했다.

그리고 친구들이 많은 친구를 부러워만 했었다.

내성적인 내 성격을 고치기 위해 엄마는 나에게

농구라는 운동을 가르쳐 주셨고,

덕분에 같이 뛰며 놀며 사람들과 잘 어울리게 되었다.

농구공 한 개만 있으면 동네 공원에 나가서 남자아이들과,

때로는 아저씨들과도 어울려 운동을 했었다.

다만 아저씨들과 함께 운동을 하다가 목이 한 번 획 돌아가면서

목뼈에서 뚝! 소리를 듣고 나서는

아저씨들과는 무서워서 운동을 할 수가 없었다.

그래도 농구가 정말 재밌었다.

내성적인 성격은 운동으로 꽤 많이 고쳐졌지만

상처를 잘 받는 성격은 쉽게 고쳐지지 않았다.

어릴 때에는 잘 놀고 재밌어 보이는,
나와는 다른 그런 친구들을 사귀고 싶었다.
그래서 그들과 어울려 보곤 했다.
하지만 나와 그 친구들은 성격이 많이 달랐고
그 친구들은 아무 의미 없이 한 말과 행동에
나는 혼자 상처를 받고 마음의 문을 닫곤 했었다.
그런데 그들은 내가 마음의 문을 닫건 말건 상관도 안 하는 거 같아서
두 번 상처를 받았다.

하지만 한 살 한 살 나이를 먹으면서 상처가 생기고 아물고 하면서
굳은 살이 박혔는지 사람들로부터 받는 상처에 조금은 내성이 생겼다.
그래서 사람들의 말과 행동으로부터 나를 지켜내는 방법들이
내 마음속에 내장된 것 같다.

다만, 아쉬운 게 있다면 다른 사람들은 있는 십년지기 친구,
이런 친구가 아직 없다는 거!
그래서 그런지 같은 꿈을 위해 함께 꿈을 꾸고 그 꿈을 이루어 가는
아이돌 그룹들을 보면 부러울 때가 많았다.
물론 내가 보는 그들의 모습이 다가 아니겠지만
나에게 보이는 그들의 그 팀워크, 우정은 너무나 부러운 대상이었다.

그런 친구가 없음에 아쉬워 하는 나에게 엄마께서 말씀해 주셨다.
"엄마도 초, 중, 고등학교 때 친구들이 있었지만,
결혼하고 서울로 오면서 대부분 연락이 끊겼어.
그리고 너를 낳고 키우면서 새로 사귄 사람들과 좋은 인연을
유지하며 잘 지내고 있잖아.
그러니까 너도 앞으로 충분히 십년지기 친구,
그런 친구들이 반드시 생길 수 있으니 아쉬워하지 마!
오히려 커서 만나는 사람들이 오래 알고 지낼 수 있을 때가 많아!"

맞는 말이고, 당연한 말이다.
근데 난 놓치고 있었다.
내가 놓치고 있는 걸 잘 깨우쳐 주시는 엄마!
과거를 후회하기보다
현재를, 미래를 긍정적으로 보는 게 더 현명한 것 같다.
과거는 아무리 후회해도 바꿀 수 없으니!

엄마 말씀을 듣고 나니 아쉬움이 많이 줄어들고,
앞으로 만나게 될 소중한 인연들이 기대되었다.

좋은 친구들을 많이 만날 수 있기를!
좋은 친구가 되어 줄 수 있기를!

무엇이 무엇이 더 힘들까 ?

화가 났을 때
화를 냄으로써 생기는 고통이 더 힘들까,
아님 화를 참으면서 생기는 스트레스가 더 힘들까 하는
궁금증이 생겼다.

화를 내고 나면 상대와의 관계에서도 문제가 생기고
혈압이 올라서 머리도 아프다.

화를 참으면 마음이 답답하고
내가 불이익을 당하는 거 같아 억울하고 스트레스가 쌓인다.

사람들을 보면 많은 사람들이 이 두 부류로 나뉘는 것 같다.
둘 중에 무엇이 더 힘들까?

궁금증을 풀기 위해
내 서재에서 책들을 찾아보고 있는데
동생이 뭐하냐며 나를 찾았다.
그래서 동생에게 질문을 해 보았다.
"둘 중 무엇이 더 힘들까? 어떻게 하는 게 최선일까?"

우선 최선은 화가 나는 상황에서도 화가 나지 않는 경지이다.
하지만 이 경지에 도달하는 건 일반 사람들에게는
정말 어려운 것 같다.

동생은
"화가 났을 때 마음속에 쌓아 두고 힘들어 하지는 말고,
표현을 하되
최대한 예쁘게, 차분하게 표현을 하는 게 좋지 않을까?"라고
대답을 해 주었다.

듣는 순간, '그렇겠네, 저렇게 쉬운 답을 나는 왜 찾지 못했지?
왜 나는 저 두 가지 중에 하나를 선택해야 한다고 생각했지?'라는
생각이 들었다.

다혈질적인 성격이 있어서 화가 나면 욱하는 성격이 있지만
그 순간 욱이 올라왔음을 인지하고 잠시 숨을 고르면
완전히는 아니지만 화가 약간은 누그러진다.
그때 최선을 다해 좋은 말로 표현을 하는 게
제일 좋은 방법인 것 같다.
버럭 화를 내고 나면 후회도 남고 서로에게 상처가 되니.

동생 덕분에 답을 조금 빨리 찾을 수 있었다.

그러고 보면 동생은 이런 성격을 갖고 있었다.
같이 여행을 하는 동안 동생은 화가 나는 상황이 생겨도
최대한 차분함을 유지하며, 좋게 표현하고, 좋게 해결하려 하는
모습을 보여 주었다.
그 모습을 보며 나도 동생의 그런 모습을 배워야겠다는
생각을 했던 게 생각났다.

화! 잘 다스리고 잘 표현하는 지혜로운 사람이 되어야지!

생각을 쉬고 싶을 때 !

나는 생각이 많다.

생각 중독이다.

그래서 생각을 쉬고 싶을 때가 많은데

생각이란 게 원래 내 의지대로 멈출 수가 없는 건지

멈추고 싶어도 멈출 수가 없다.

특히 싫은 생각들! 슬픈 생각, 불안한 생각 같은 것들!

진짜 생각의 회로를 잠시라도 끊고 싶다는 생각이 들 정도로

싫은 생각의 회로를 끊을 수가 없다면

켰다 껐다 할 수 있는 스위치라도 있었으면 좋겠다는 생각이 들었다.

다행히

그나마 잠시라도 조절할 수 있는 나에게 맞는 방법을 찾긴 했다.

이렇게 마음이 심란하거나 생각을 쉬고 싶을 때는

나는 뉴에이지 음악을 BGM 삼아 호흡에 집중을 해 본다.

이 방법이 나한테는 조금은 스위치 역할을 해 주는 것 같다.

처음에는 뉴에이지 음악이 종교적인 음악인 줄 알고 듣지 않았는데

어떤 음악인지 너무 궁금해서 인터넷에 검색을 해 보니

심리치료, 스트레스 해소, 명상에 쓰이는 음악이라고 했다.

명상이 필요한 나한테 딱인 음악이었다.

나는 속으로 '유레카'를 외쳤다.

이렇게 한다고 해서 생각이 완전히 멈춰지고
불안이 완전히 없어지는 건 아니다.
하지만 생각이 떠오르고 또 떠올라도
잠시라도 호흡에 집중을 해 보자는 생각으로 호흡에 집중하다 보면
아주 잠시지만 머리가 비워지고 마음이 편안해진다.

물론 명상을 하는 동안에도 생각은 계속 떠오른다.
하지만 다시 호흡으로 의식을 데리고 온다.

단, 명상 도중에 중요한 생각이나 아이디어가 떠오르면
잠시 눈을 뜨고 핸드폰에 메모를 하고 다시 명상에 집중을 한다.
중요한 생각이 떠올랐는데 계속 명상에 집중을 하려고 하면
그 생각을 잊을까봐 더 불안해져서 나는 이 방법을 사용한다.

처음에는 호흡에 집중하는 게 쉽지 않았는데 해 보고 또 해 보다 보니
점점 집중을 할 수 있었고, 효과가 느껴졌다.

이렇게 하고 나면 확실히 머리가 잠시 쉰 느낌이 든다.

아주 잠시지만!

명상을 끝내면 다시 생각을 하게 되지만,

그래도 휴식을 취했기에

조금은 생각을 해도 버틸 수 있는 에너지가 생기는 거 같았다.

일을 열심히 해서 피곤함을 느끼고 다음 날 또 일을 해야 하지만

잠을 자면서 휴식을 취하고 나면 하루를 살아갈 힘이 생기는 것과

같은 원리인 것 같다.

명상을 해도 생각이 계속 떠오르는 것은 마찬가지지만

잠시 동안의 휴식으로 에너지가 생겨서 조금이라도 덜 힘들어진다면

충분히 의미가 있는 거 아닐까?

호흡에 집중을 못 하더라도 그냥 뉴에이지 음악만 들어도

힐링이 된다.

멜로디가 마음을 편안하게 해 준다.

그래서 호흡에 집중하기 힘든 날에는

억지로 호흡에 집중하려 애쓰지 않고,

그냥 음악을 틀어놓고 음악을 듣는다.

그것만 해도 조금은 기분이 좋아진다.

이렇게 나에게 잘 맞는 힐링 방법을 찾아서 정말 감사하다.

생각을 잠시라도 쉬고 싶은 사람들에게 정말 추천해 주고 싶은

방법이다.

말 한 마디 한 마디 !

누군가가 나에게 싫은 말을 하는 게 정말 정말 싫었다.

말 한 마디 한 마디에 상처를 받고 마음의 문을 닫곤 했다.

심지어 나는 상대의 좋지 않은 표정에도 상처를 받곤 했다.

하지만 돌이켜보면 그럴 필요는 없었다.

그 말들 중 어떤 말들은

그냥 순간 욱해서 한 진심이 아닌 말들도 있었고,

누군가의 오해로 한 말로

진짜 나의 모습에 대한 말이 아닌 말들도 있었고,

관심을 받고 싶어서 한 말들도 있었다.

그리고 나 때문이 아닌 다른 일로 인해

기분이 좋지 않아서 한 말과 표정들도 있었다.

어찌 보면 나한테는 큰 불행이 아닌 일시적인 상황이었던 것이다.

그런데 그걸 내 인생의 큰 부분인 양 힘들어하고 아파하곤 했었다.

특히 가까운 사람의 말은 더 상처가 된다.

그런데 가까운 사람일수록 진심이라기보다 순간의 감정에 치우쳐서,

또는 이해해 줄 거라는 생각으로 하는 말이 더 많다.

내가 좋아하는 영화 '청바지 돌려입기' 중에 이런 대사가 생각난다.

"A: 믿는 사람에게 더 쉽게 화를 내는 법이야.

B: 왜 그렇지?

A: 어떤 경우에라도 항상 널 사랑할 거란 사실을 아니까."

가까운 사람이 순간적인 감정에 치우쳐 상처를 주는 말을 한다면

그만큼 나를 믿는 거라고 생각하면 한결 마음이 편안해지지 않을까?

그렇기에 다른 사람들의 말 한 마디 한 마디에 큰 의미를 갖고
힘들어 할 필요가 없겠다는 생각이 들었다.
단, 진짜 상처를 주고 싶어서 안 좋은 말들을 하는 사람이 있다면
그 사람은 멀리하도록!

참 당연하고 쉬운 사실인데 이 사실을 다시 마음속에 새기고 나서는
한결 사람들과의 관계가 쉬워졌다.

듣는 것과 받아들이는 건 확연히 다르다고 하던데
그 말을 몸소 느꼈다.
어떤 안 좋은 말을 듣더라도,
그 말을 받아들이지 않는다면,
그 말은 나에게 상처가 되지 않는다.

조심해야 하는 건, 진짜 내가 잘못해서 듣게 된 말이거나,
누군가가 진심으로 한 조언이라면
듣기 싫은 말이라도
마음으로 받아들이고 변화의 발판으로 삼을 줄 아는
그런 멋진 사람이 되어야 한다는 것이다.

듣고 넘겨도 되는 말,
듣고 받아들여야 하는 말을
잘 구별할 줄 아는 지혜를 가질 수 있기를
바라본다.

나에게도 틈을 주자 !

살아가다 보면
내가 계획한 대로
내가 원하는 대로 안 되는 일들 투성이다.

나는 계획주의자였다.
그래서 여행을 하든, 약속을 하든, 일을 하든
내가 계획한 대로 안 되거나, 안 될 거 같으면
예민해지곤 했다.
'이번에는 제발 부탁이니 내가 계획한 대로 되라.'라며
속으로 애원했다.

하지만 생각해 보면
이 세상 모든 일들이 내가 계획한 대로 된다는 건 불가능한 일이다.
내가 신도 아니고!
조금만 틀어져도 계획과는 달라지는 게 우리의 일상이고, 인생이다.

오히려 계획한 대로 되는 것보다 계획한 대로 안 되는 게 더 많다.
그런데 그때마다 예민해지고 우울해지고 힘들어한다면
내 인생은 너무나 불행하지 않을까 하는 생각이 들었다.

그래서 내 인생에 조금씩이라도 틈을 주어야겠다는 생각이 들었다.
약간 틀어지더라도 덜 힘들게!

그리고 한 번 두 번 계획이 틀어져도 받아들이는 연습을 했고,
나는 좀 더 행복을 누릴 줄 아는 그런 사람이 되어 가고 있는 것 같다.
그리고 때로는 틀어진 계획에서 뜻밖의 행운이 오기도 한다.

그러니 너무 완벽하게 살려고 하지 말자.
이 세상 그 누구도 신이 아닌 이상 완전히 완벽하게 살 수는 없으니.

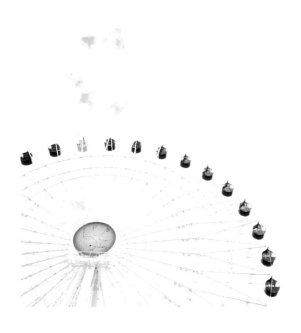

최선의 선택만이 정답은 아니다 !

문제가 생길 거 같아서,
혹은 문제가 생겼다고,
긴장을 하거나 짜증을 낸다고 나아지거나 바뀌는 건 없다.

문제가 생기면 최선을 다해 해결 방법을 찾아보면 된다.
문제가 생김으로써
우리는 인생에서 최선의 선택은 하지 못하게 되겠지만,
최선만이 정답은 아니다.

우리는 차선의 선택을 함으로써 문제를 해결할 수 있고,
인생을 계속해서 살아갈 수 있다.
그리고 성장할 수도 있다.

그러니 조급해 하거나 불안해 하지 말자.
완벽히는 아니겠지만 어떻게든 상황을 완화할 수 있는 방법은
반드시 존재한다.

랜덤 플레이가 주는 설레임 !

나는 핸드폰으로 음악을 들을 때 플레이리스트에
좋아하는 노래들을 넣고 랜덤 플레이를 해서 듣는다.
랜덤 플레이로 해서 들으면 다음에 어떤 곡이 나올지 알 수가 없다.
좋아하는 곡들로 이루어진 리스트이기에
다음에 어떤 곡이 나올지 궁금하고 어떤 날에는
설레이기까지 한다.
나만 그런 걸까?

인생을 살아갈 때도 이렇게 살아가고 싶다.
앞으로 이어질 나의 인생에는 어떤 일들이 펼쳐질지 알 수 없지만,
나를 행복하게 해 줄 어떤 일들이 생길지 궁금해하고,
설레이며 살아가고 싶다.

물론 남은 내 인생에는 힘든 일들도 나를 기다리고 있겠지만,
그것들을 두려워하며 살기보다는 어떤 좋은 일들이 생길지
궁금해하며
살아가는 행복한 사람으로 살아가고 싶다.

그래, 하고 싶으면 하면 되지.
남은 내 삶에는 분명 내가 예상하지 못한 좋은 일들도 일어날 테니.
어떤 좋은 일들이 일어날지를 궁금해하며 설레이며 살아가자.

행복함을 전파하는 사람 !

감정은 진짜 전이가 잘 되는 것 같다.
우울해하는 사람이나,
불평불만하는 사람 옆에 있으면
내 기분까지 안 좋아지고 짜증이 난다.

나도 다른 사람들과 함께 있을 때
이런 안 좋은 감정을 전이하고 있지는 않았을까
생각해 보았다.

항상 기분이 좋을 수는 없기에
항상 좋은 감정만 전이할 수는 없겠지만
할 수 있는 한 좋은 감정들을 전이하는 사람이 되고 싶다.

나와 함께 있는 시간들이
그들에게도 행복한 시간이 될 수 있도록!

통증의 두려움을 이겨내자 !

지긋지긋했던 두통!

그리고 이로 인해 느꼈던 두려움들!

통증으로 인해 나는 일상을 살아감에 많은 두려움을 느꼈다.

통증 그 자체로 인한 고통,

통증으로 인해 누군가에게 줄 수도 있는 부정적인 감정이

너무나 싫고 두려웠다.

그래서 나는 집순이가 되었다.

하지만 나는 그 누구보다 한 번뿐인 내 인생을 재미나게 살고 싶었다.

그래서 이 통증과 두려움들을 잘 다스리고 싶었다.

그래서

열심히 스트레칭도 하고,

열심히 셀프 마사지도 해 주고,

열심히 마음도 다스리고,

열심히 걷기도 하고,

열심히 웃기도 하고,

열심히 내 기분을 좋게 해 주었다.

그 결과 나는 통증과 두려움들을 조금씩 조금씩 극복해 가고 있다.
이 세상에 완벽은 없듯이 완벽히는 극복하기 쉽지 않겠지만,
이렇게 조금씩 조금씩이라도 건강해짐에 감사할 뿐이다.

건강뿐만 아니라 이 세상 모든 일이 다 똑같은 것 같다.
하루 아침에 완벽히 해결되고 이루어지는 건 없다.
완벽을 꿈꾸기보다,

조금씩 조금씩 나아짐에, 좋아짐에 만족한다면
우리는 좀 더 행복해질 수 있지 않을까?

내 인생은 가치가 있다 !

이 세상에 의미 없는 인생이란 없다.
누구나의 인생이든 다 중요하고 각자의 의미가 있다.
자신의 인생이 의미가 없고 중요하지 않게 느껴진다면
그건 아직 자신의 가치를 깨닫지 못했을 뿐이다.
내 존재는 존재 그 자체로만으로도 가치가 있다.

내 존재 그 자체로 누군가는 행복하고 따뜻할 것이다.
자신의 가치를 모르겠다면 내 존재로 인해 행복한 사람을
단 한 사람이라도 좋으니 찾아보자.

단 한 사람이라도 나를 사랑하고 아껴주고
나로 인해 행복하다는 걸 깨달으면
내가 가치 있는 존재임을 느낄 수 있다.

이 세상 모든 사람에게 사랑받을 필요도 없고,
모든 사람에게 가치 있는 존재일 필요도 없다.
그리고 불가능하다.
불가능함을 받아들이고 내 사람 몇몇과 함께
내 가치를 높이며 재미나게 살아가면 된다.
그러니 인생이 힘들고 내가 가치 없이 느껴지더라도 좌절하지 말고,
내 인생을 미워하지 말고 힘을 내서
내 가치를 아는 사람들을 찾아보자.
그리고 나부터 나를 가치 있는 사람으로 여겨주자!

나에게 선택권이 있다！

이 세상 사람들 중 시련으로부터 완전히 자유로운 사람은 없다.

누구나 살다 보면 크고 작은 시련을 경험한다.

나는 이런 시련이 너무나 싫었다.

이미 경험한 시련도 싫었고,

앞으로 닥칠 수도 있는 시련도 너무나 두려웠다.

시련이 닥쳤다는 그 사실 자체를

나는 인생에 치명적이라고 생각하였고,

내 멘탈을 바닥 밑까지 끌어내리곤 했다.

이런 나의 마음을 바꾼 깨달음은 '나에게 선택권이 있다'는 것이다.

살면서 시련 자체는 피할 순 없지만,

그 시련을 어떻게 대할지는 내가 선택할 수 있다.

시련을 내 인생의 치명타로 여기고

내 자신을 바닥 밑으로 쭉 끌어내릴지,

시련을 내 자신을 돌아보고 성장시켜 주는

행복의 발판으로 삼을지는

내가 선택할 수 있다.

예를 들어 나는 불안이라는 감정에 유난히 예민했고 힘들어했었다.
하지만 그 덕분에 나는 나 자신을 돌아보는 시간을 가졌고,
책을 통해 내 자신에게 인생의 진리를 배울 수 있는 기회를
선물해 주었다.
그로 인해 행복을 더 잘 느낄 수 있는 사람이 되었다.

불안이라는 감정은
내 인생의 가장 큰 장애물이자 증오의 대상이었지만
이 깨달음으로 불안은 나에게 성장의 기회를 선물해 준
고마운 존재로 바뀌었다.

행복을 더 잘 느끼는 사람이 되기 위해
우리는 우리 자신에게 어떤 길을 선택할지
직접 결정할 수 있는 선택권이 있음을 명심해야 한다.

책을 통해 마음의 안정을 찾다 !

마음이 불안할 때,
나는 불안을 가라앉히기 위해 많은 노력을 해보았다.
유난히 불안이라는 감정 때문에 많이 힘들었기에
다양한 노력을 해보았다.
내가 느낀 불안이 근거 없는 불안임을,
불안을 느끼는 게 큰 도움이 되지 않는다는 것을
내 스스로 나에게 확인시켜 주려 노력하였다.

하지만 쉽지가 않았다.
불안을 없애려 하면 할수록 불안은 더 커졌다.
그런 나의 불안을 줄여준 것 중 하나가 바로 독서이다.
책을 읽으면서 내 마음을 다독여 주는 글귀들을
보물찾기하듯 하나하나 찾았다.
내 마음을 움직이는 글귀들을 찾겠다는 마음으로 책을 읽으니
책 읽기가 더욱더 재밌어졌다.
글귀들을 핸드폰 메모장에 차곡차곡 저장해 두었다가
다시 꺼내 보곤 한다.
그러면 마음이 힐링이 된다.
책 읽기는 나를 많이 변화시켜 주었다.
좀 더 행복을 잘 느끼는 사람이 될 수 있게 만들어 주었다.

그래서 나는 마음이 불안한 사람들에게는
자신의 마음을 움직이는
글귀들을 찾겠다는 목적으로 책을 읽는 걸 추천한다.

나는 나를 사랑한다 !

한때는 내가 정말 미웠다.
하지만 미워할수록 더욱더 힘들어지기만 했다.
더욱더 작아지는 나를 느꼈다.

나에게는 부족한 점도 있지만 분명 좋은 점도 있다.
또 무언가 잘난 게 있어야만
사랑을 받을 수 있는 존재가 아니다.
부모님의 아름다운 사랑의 결과로 이 세상에 태어났고,
이 세상에 딱 한 명인 소중한 존재이다.

그리고 모든 사람들에게는 아니지만,
분명 나를 좋아해 주는 사람들도 있다.
나도 사랑받고 있다.
많은 사람에게 사랑받는 사람만이 사랑받고 있는 사람은 아니니.

앞으로는 그 누구보다 내 자신이 나를 사랑해 줄 거다.
이 세상에 내가 없으면 내 인생도 없다.
내 인생에 있어서 나는 정말 정말 소중한 존재이다.
이런 나를 앞으로는 열심히 사랑해 줄 거다.
이 세상 그 누구보다도! 내 자신을!

위로가 필요한 날 !

위로가 필요한 날이 있다.

한없이 힘들고 지칠 때가 있다.

이 고난을 이겨낼 수 있을까 의문이 들 때도 있다.

그럴 때 곁에서 나를 응원해 주는 누군가가 있다면,

나를 꼭 안아 주는 누군가가 있다면,

같이 울어 주는 누군가가 있다면,

"괜찮아, 괜찮을 거야! 내가 있잖아. 내가 도와줄게."라고

위로해 주는 누군가가 있다면

조금은 쉽게 그 순간을 이겨낼 수 있지 않을까?

우리는 사람에 의해 상처를 받기도 하지만,

우리는 사람에게서 많은 위로를 받으며 살아간다.

나는 사람들의 이런 상처를 조금이나만 치유해 줄 수 있는

그런 사람이 되고 싶다.

이 순간 !

때로는 아무 걱정 없이,
때로는 아무 생각 없이,
그냥 웃으며 그 순간에만 집중하여 살아 보고 싶다.

과거의 상처에서 벗어나서
미래에 대한 불안감에서 벗어나서
ONLY 지금 이 순간에 집중하여 살아 보고 싶다.

오늘 하루만이라도
그렇게 살아 보는 건 어떨까?

용기란 ?

드라마 '굿닥터'의 대사에서 용기란 무엇인지 배웠다.
용기란 두려움을 느끼지 않는 게 아니라,
두려워도 계속하는 거라고 한다.

이 세상에는 두려운 게 정말 많다.
처음 살아 보는 인생이기에
모르는 게 많기에
인생은 불확실하기에 두렵고 불안하다.
또한 사회가 현실이 살기 힘들게 바뀌면서
사람들이 공격적으로 바뀌면서
사람들로부터 느끼는 두려움도 정말 크다.

이런 인생이지만,
두렵지만,
계속 열심히 살아가는 그런 용기 있는 사람이 되자.

간절히 원하면 !

간절히 원한다고 모든 꿈들이 이루어지는 건 아니다.

하지만 간절히 원하면,

그만큼 힘들고 지쳐서 그 꿈을 포기하고 싶은 마음이 들더라도

그 고비를 잘 이겨낼 수 있는 힘이 생기는 것 같다.

정말 정말 간절하기에…….

나도 사람들에게 따뜻한 사진가로 알려지는 꿈을 꾸었지만,

쉽게 이루어지지 않고 있다.

하지만 간절하기에 계속해서 내 꿈을 위해

달려 나갈 수 있는 지구력이 내 마음속에 있는 것 같다.

꿈을 이루는 그 날까지 나는 힘을 내서 달릴 것이다.

받아들이면 편안해진다!

나에게도 부족한 점이 있음을,

살아가다 보면 힘든 일이 생길 수도 있음을,

누군가와 사랑을 할 수도 있지만 이별을 할 수도 있음을,

건강할 수도 있지만 때로는 아플 수도 있음을,

불안할 수도 있음을,

다른 사람은 나와 다를 수도 있음을,

이 세상에는 다양한 사람들이 있음을,

나를 싫어하는 사람이 있을 수 있음을,

실패를 경험할 수도 있음을,

누구나 한 번은 죽는다는 것을,

누구든 자신만의 고민이 있음을,

이 세상 그 누구든 각자만의 고민을 안고 살아가고 있음을,

인정하고 받아들이면,

이 모든 게 인생의 일부라는 걸 인정하고 받아들이면,

한결 마음이 편안해진다.

인생은 정답이 하나가 아니다 !

인생을 살아가는데 딱 정해진 정답은 없다.

다른 사람의 정답을 참고할 수는 있지만,

그 정답이 그 사람에게는 정답일 수 있지만,

나에게는 오답일 수도 있다.

다른 사람의 답을 참고해서

각자의 인생에 맞는 각자만의 정답을 찾아야 한다.

이 세상 그 어디에도 같은 인생은 존재하지 않으니.

하지만 자신만의 정답을 찾기 위해서

우리는 수많은 오답을 경험하게 된다.

다행인 건 오답이라고 해서 인생이 끝나는 건 아니라는 거.

오답을 선택했다면

꼼꼼히 오답노트를 쓰고 차근차근 다시 자신만의 정답을 찾으면 된다.

인생을 살아감에 있어서 정답이 하나가 아니라는 것에

괜스레 감사하다.

실패하여도, 실수하여도

우리는 또 다른 정답을 찾을 수 있다는 것이니.

울고 싶을 땐 울자!

울고 싶을 때에는 울어도 된다.

시원하게 울어도 된다.

우는 건 창피한 일이 아니다.

힘들 때 눈물을 흘림으로써 슬픔이 치료되고

그렇게 우리는 힘들어도 살아갈 수 있는 것이다.

그런데 나는 한동안 다른 사람이 앞에 있으면 울 수가 없었다.

학창시절 힘든 일이 있어서 울고 있었는데

나랑 사이가 별로 안 좋았던 친구들이

"쟤는 동정 받고 싶어서 우는 거 같아."라고 말하고

지나가는 걸 들었다.

상황 자체도 슬펐지만 그 말이 나에게는 더 비수가 되었다.

나는 진짜 너무나 속상해서 울고 있었는데…….

'동정'이라는 말 대신 '위로'라는 말을 써 주었다면

조금은 덜 아팠을까?

'동정'이라는 말에는 왠지 불쌍히 여긴다는 어감이 들어가

울고 있는 내가 너무나 작아 보이게 만들었다.

그때는 너무 속상해서 동정이니 위로니라는 말을 따질 겨를조차

없었지만…….

근데 생각해 보면, 동정이든 위로든 누군가의 따뜻한 말 한마디,

응원 한마디, '괜찮아'라는 말 한마디를 듣고 싶어 한다는 것이

잘못된 걸까? 내 생각에는 아닌 것 같다.

사람이기에……, 슬프면 위로를 받고 싶은 건 당연한 거 아닐까?

아마 그 친구들은 자신들이 그 말을 했는지조차 기억도 못 하겠지?

나 또한 나도 모르는 사이에

누군가의 마음에 비수를 꽂는 말을 했을 수도 있는데,

기억이 잘 나지 않는 걸 보면……

그런 일이 있었다면 이 글을 통해 사과하고 싶다.

아프게 해서 미안했다고…….

한동안은 그 말을 한 그 친구들이 너무나 미웠다.

그 말이 나에게 트라우마가 되어 울고 싶어도

누군가가 있으면 울 수 없게 만들었으니…….

누군가는 내가 우는 걸 보면

저 친구들처럼 생각할 수 있겠다는 생각에 울 수가 없었다.

하지만 그 친구들 덕분에 나는 많이 성장하기도 했다.

저 일을 계기로 울고 싶을 때마다 저 일이 생각났고

그러면서 우는 것에 대해서도 다시 한 번 생각해 볼 수 있었다.

그래서 우는 것이 창피한 게 아니라는 것도 다시금 깨달았고,

위로받고 싶은 마음이 창피한 것도 아니라는 것도 깨달았다.

그래서 지금은 저 친구들에게 오히려 감사하다.

그리고 저 친구들이 잘 지내고 있는지 궁금하기도 하고

그립기도 하다.

그때는 나도 어렸고 그 친구들도 어렸기에

서로에게 상처를 주었던 것 같다.

나도 많이 서툴었다.

아무튼 그래서 나는 힘들고 지쳐서 눈물을 보이는 사람을 보면
따뜻하게 꼭 안아 주고 위로해 주고 싶다.
그리고 나도 힘들 때에는
누군가가 꼭 안아 주고 위로해 주었으면 좋겠다.
이렇게 서로가 서로를 위로해 준다면
인생이 조금 힘들더라도 조금은 따스하게 잘 살아갈 수 있지 않을까?
그러니 울고 싶을 때에는 참지 말고 울자.
그리고 우는 사람을 보면 따뜻하게 위로해 주자.

빛나는 때!

우리는 저마다 빛나는 때가 있다.
열심히 살고 있는데 아직 빛이 나지 않는 건
아직 그때가 오지 않았을 뿐이지 않을까?

곧 나만의 때가 올 거라고 믿고 열심히 살아가자.
언젠가는 꼭 나만의 때가 올 것이다.
내가 빛날 수 있는 그때가 올 것이다.

나도 사진을 찍는 일을 시작했고
열심히 해 보려 노력했지만 잘 되지 않았다.
그래서 심적으로 힘이 많이 들었다.
다른 작가분들은 자신만의 사진으로 좋은 결과를 내고 계시는데
나는 그러지 못 했었다.
그때마다 엄마께서는 아직 너의 때가 안 왔을 뿐이라고
잘 해내고 있다고 응원해 주셨다.

때때로 '내 사진이 별로인가?'라는 생각도 들었지만
나를 포함해 내 사진을 좋아해 주는 사람들이 없진 않다.
분명 아직은 부족하기에 아직 나의 때가 오지 않았을 뿐이다.
내가 빛나는 그때를 맞이 하기 위해
오늘도 나의 부족한 점을 연구하며 열심히 달려 본다.

영원한 내 편 !

인생을 살아가며
영원히 내 편이 되어 주는 사람이
단 한 사람이라도 있으면,
인생을 살아가는 게 훨씬 덜 힘들지 않을까?
나를 이해해 주고 응원해 주는 단 한 사람이,
때로는 몇 명의 인맥보다 더 큰 힘이 될 때도 있다.

영원한 내 편, 단 한 사람!
그 사람은 나 자신일 수도 있고, 부모님일 수도 있고,
형제나 자매일 수도 있고, 연인일 수도 있고, 친구일 수도 있다.

이 중 내가 죽을 때까지 영원히 내 편이 되어 줄 수 있는 존재는
나 자신이다.
니 자신도 충분히 나를 응원해 줄 수 있고
토닥여 줄 수 있고,
좋은 친구가 되어 줄 수 있다.
그러니 다른 단 한 사람이 없더라도 너무 슬퍼하지 마라.
영원히 내 편이 되어줄 수 있는 자기 자신이라는 존재도 있으니.
나에게는 가족이 이런 존재이지만,
가족도 영원히 나랑 함께 해 줄 수는 없다.
그래서 나는 나에게 나의 영원한 편이 되어 주기로 했다.

미래지향적인 마음 !

나는 미래의 인생에 대한 생각, 욕망이 많은 사람이었다.
그래서인지 내 인생에 조건을 걸고 그 조건이 이루어지면
내 인생이 행복해질 것만 같았다.
좀 더 많은 사람들에게 내가 찍은 사진이 알려지면,
좀 더 건강해지면,
남자친구가 생기면 등의 조건을 달며 미래를 생각하곤 했다.

그럴수록 그 조건들이 이루어지지 않은 현재가 힘들게 느껴졌다.
물론 미래에 대한 적당한 생각은 도움이 된다. 아니 꼭 필요하다.
그런데 나는 미래에만 갇혀 있었다.
과거에 갇힌 사람들도 있는데 나는 미래에 갇혀 있었다.

그래서 내 인생이라고 확실히 말할 수 있는 현재를 낭비하고 있었다.
습관이 되었는지 무의식적으로
미래를 생각하고 미래를 걱정하고 있었다.

그리고 그런 나 자신을 깨달았다.

깨닫기 전에는 이로 인해 내 마음이 힘들었던 건지도 몰랐었다.

깨닫고 나서도 내 생각은 수시로 미래로 향했다.

그때마다 의식적으로 지금 이 순간, 오늘로 마음을 데리고 왔다.

지금 어떤 감정이고 오늘은 무얼할까,

지금 느낄 수 있는 즐거움은 무엇일까 하는 생각으로 이끌었다.

그러면서 조금씩 오늘에, 현재에 집중을 할 수 있게 되었다.

물론 완벽히는 아니지만 적당히 미래를 생각하는 것도 필요한 것이니,

지금 이 정도에 충분히 만족한다.

미래에 대한 불안에 마음이 너무 힘들고 지칠 때에는

의식적으로 오늘 현재 할 수 있는 것에 집중하자.

두려움의 연속 !

인생을 살다 보면 두려운 일들이 많다.

인생은 두려움의 연속이다.

두려움이 생기면 그 두려움을 이겨내고

또 다른 두려움이 생기면 다시 이겨내는

이 일련의 과정이 인생인 것 같다.

두렵지만 포기하지 않고 앞으로 나아가면서 성장한다.

좀 더 멋진 사람이 되어 간다.

그러니 두려움을 느낀다고 부끄러워할 필요도 없고,

두렵다고 해서 주저 앉을 필요는 없다.

누구나 두려움을 느끼고,

나는 이 두려움을 꼭 잘 극복하고 더 멋진 사람이 될 것이다.

믿어보자.

두려움에 굴복하지 않고 멋진 사람이 될 것이라는 것을!

힐링이 되는 사람 !

사람들에게 힐링을 주고 싶다.

지치고 힘든 사람들이 나로 인해 힘을 얻었으면 좋겠다.

때로는 힘들 때 속에 있는 이야기를

누군가에게 이야기 하는 것만으로도,

때로는 힘들 때 곁에 있어 주는 누군가가 있다는 것만으로도,

때로는 힘들 때 어깨를 내어 줄 누군가가 있다는 것만으로도,

때로는 힘들 때 따뜻하게 안아 줄 누군가가 있다는 것만으로도

많은 위안이 된다.

이겨낼 힘이 생긴다.

이런 위안, 힘을 줄 수 있는 그런 사람이 되고 싶다.

누군가의 시선 !

사람들의 시선을 걱정하며 신경 쓰며 살던 때가 있었다.
누군가가 나를 안 좋게 보는 게 너무나 싫었고,
그 시선을 바꾸려고만 노력을 했다.
그래서 내가 아닌 다른 사람인 것처럼
나에 대해 안 좋게 이야기한 내용과 반대로 행동하려고
노력하였다.

하지만 그 노력은 대부분 실패로 돌아갔다.
그리고 그때 난 뼈저리게 깨우쳤다.
'이건 진짜 내가 아니다.
나를 싫어하는 건 어쩔 수 없는 것이고,
이런 나를 좋아해 주는 사람도 있으니,
나를 싫어하는 사람의 생각을 바꾸는데 에너지를 쏟지 말고,
나를 좋아해 주는 사람들과 함께 좋은 추억을 만들고
그들에게 행복을 선물하는데 집중해 보자.'라는 깨달음을 깨달았다.
그러고 나니 한결 마음이 편안해지고 행복해졌다.

나만의 인생 !

누군가의 인생을 부러워하지 말고,
나에게 주어진 나만의 인생에 감사함을 느끼고,
나만의 특색이 있는 행복한 인생을 만들어 가자.

마음을 편안하게 해 주는 마법 !

긍정적으로, 긍정적으로,
평온하다, 평온하다.
평정심, 평정심!

마음속으로 되뇌이며,
내 호흡에 집중을 해 본다.
마음이 편안해짐이 느껴진다.

내 마음을 편안하게 해 주는 마법!

살아볼 수 있는 기회가 주어진 것만으로도 감사하다 !

언제였는지, 어떤 프로그램이었는지, 누구였는지,
기억은 정확히 나지 않는다.
어떤 외국 배우였던 것만 기억이 난다.

지나가다가 티비에서 누군가가 인터뷰 중 이런 말을 하는 걸 들었다.
"내 인생에 감사해요.
살아볼 수 있는 기회가 주어진 것만으로도 감사해요."

그 말을 듣는 순간 마음에 울림이 느껴졌다.
울컥했다.
말을 듣자마자 핸드폰을 꺼내 들었다.
엄마가 "너 저 말 적어두려고 그러지?"라고
'난 널 다 알어'라는 듯이 말씀하셨다.
나는 씩 웃으면서 고개를 끄덕이며 핸드폰 메모장에 메모를 했다.
저렇게 멋진 말을 어찌 넘기겠는가.

그래, 맞다.
살아볼 수 있는 기회가 주어진 것만으로도 충분히 감사한 일이다.
그리고 지금 살아 있다는 것만으로도 정말 감사한 일이다.
내 인생에는 아픔도, 시련도, 고통도 있지만
내 인생에는 행복도 있다.
그 행복들을 느껴볼 수 있는 기회가 주어졌다는 것만으로도
정말 감사한 일이다.

나를 단련시키려는 하늘의 뜻일거야 !

학창시절에 유독 심적으로 힘들었던 나는
이 고통을 잘 이겨내서 나중에 나처럼 힘들어 하는 친구들이 있으면
도와주고 싶다는 생각을 했었다.
그래서 고통이 왔을 때 힘든 감정이 더 컸지만
마음속 한 켠에는
'나를 더 힘들게 해서 나를 더 단련시켜서
힘든 친구들을 더 잘 돕게 하려는 하늘의 계획인가'라는
생각도 자리하고 있었다.

하지만 단련이 많이 필요한 건지
쉽게 내 마음은 튼튼해지지 못 했었다.
쉽게 상처 받고, 쉽게 두려움에 떨었다.
그래서 때로는 신경질이 나서 나한테 화를 내곤 했다.
"나 하나도 컨트롤 못 하면서 누굴 도와 주겠다는 생각을 하는거야.
이 멍충아. 정신차려."
안 그래도 힘들어하는 나 자신에게 기름을 부어 버린 꼴이었다.

다행히도 그런 내 곁에는 나를 믿고 기다려 주시고 지켜 주신
부모님이 계셨다.
부모님의 응원과 사랑으로 나는 조금씩 조금씩 강해졌다.
또한 상처에 두려움에 노출되고, 또 노출되다 보니
점점 느끼는 강도가 약해졌다.
그 상처가 그 두려움이 나를 완전히 무너뜨리지는 못한다는 걸
깨닫고는 점점 강해졌다.
호랑이 굴에 들어가도 정신만 차리면 살아남을 수 있다는 말을
몸소 느꼈다.

솔직히 얘기하면 여전히 나는 다른 사람들보다는
상처와 두려움 앞에서
더 많이 흔들린다.
하지만 자신있게 얘기할 수 있는 건 예전에 비해
회복을 좀 더 빨리 할 수 있게 되었다.

나 스스로 내 마음에 약을 발라줄 줄 알게 된 것 같다.
상처에 약을 바른다고 해서 바로 낫지 않듯이,
마음의 상처에도 약을 바른다고 해서 바로 낫지는 않는다.
하지만 상처에 약을 바르면 빨리 낫듯이
마음의 상처에도 약을 발라주면 확실히 빨리 낫는 것 같다.

점점 더 마음을 이해하고 인정해 주면서
나는 이렇게 스스로를 치유해 주며 살아가고 있다.
이렇게 조금씩 조금씩 성장하다 보면
언젠가는 부모님께서 나를 지켜 주시고 응원해 주신 것처럼
나도 누군가가 치유하는 걸 도와줄 수 있는 사람이 될 수 있지 않을까?

내 마음뿐만 아니라
다른 사람들의 마음의 상처도 빨리 아물 수 있게
약을 발라 줄 수 있는 사람이 될 수 있지 않을까?

엄마, 아빠 오래오래 건강히 저와 함께 해 주세요 !

침대에 자려고 누워 있는데 엄마께서 거실에서
'인생다큐 마이웨이 박원숙 배우님 편'을 올레 티비로 보고 계셨다.
티비 소리가 내 방까지 들렸다.
배우님께서 힘들고 지칠 때 곁에서 지켜 주시고 친구같이 지내 주셨던
돌아가신 엄마를 그리워하는 내용이 나오고 있었다.
소리만 들었는데도 마음이 먹먹해졌다.

많은 사람들이 그렇겠지만
나는 유독 엄마와 친하다.
예전에 사촌언니가 나에게
"너는 엄마가 베프지?"라고 물었을 때,
나는 "응"이라고 자신있게 대답했다.
대답하면서 베프 같은 엄마가 계심에 정말 감사하다고 생각했었다.
아빠와도 정말 친하다.
아빠께서 예전에 회사 송년 회식자리에서
'자식과 일주일에 5번 이상 문자나 연락을 주고 받는 사람'
나오라고 했을 때, 두 사람이 나왔는데 그 중 한 명이 자기였다며
신나서 자랑하셨던 기억이 난다.
솔직히 말하면 아빠랑은 소소한 부딪침도 많다.
그래도 아빠와 사이가 좋다고 자신 있게 말할 수 있다.
이렇게 말할 수 있음에 자랑스럽다.

예전에 '효리네 민박'에서 이효리 언니네 부부가
서로와 놀 때가 제일 재밌다고 얘기하던데,
나는 엄마, 아빠와 장난치고 놀 때가 제일 재밌다.
20대 후반인데도 두 분 앞에서는 애가 되고 어리광을 부리고
장난을 치게 된다.
엄마는 종종 어리광 부리지 말고 어른스러워지라고
구박 아닌 구박을 하지만
두 분 앞에서는 나도 모르는 사이에 애가 되어 있다.

엄마께 "티비 보니깐 할머니들께서 자식들은 커서 성인이 되어도
자신들한테는 여전히 애처럼 느껴진다던데 엄마는 아니야?"라고
여쭤 보았다.
엄마는 질색팔색 하시면서
"이렇게 큰 사람이 어떻게 애야? 넌 어른이야. 정신차려." 라고
말씀하셨다.

이 말마저도 나는 좋았다.
개구쟁이 기질이 이 직도 있는지
엄마가 이렇게 말씀하시니 더욱더 장난을 치고 싶어졌다.
엄마가 유쾌하게 잘 받아 주시는데 장난을 어찌 끊겠는가.
그 모든 순간순간들이 나에게는 추억이 되는데…….

그러다 문득문득 저런 내용의 티비를 보면 언젠가는

우리 엄마, 아빠도 내 곁을 떠날 텐데 하며 두려워진다.

내가 자면서 제일 힘들어 하는 꿈도

두 분이 돌아가시는 꿈이다.

누군가가 죽는 꿈은 좋은 꿈이라고 하지만

좋은 꿈이라도 절대로 꾸기 싫다.

꿈에서라도 느끼기 싫다.

다시는 두 분을 볼 수 없고,

이야기 나눌 수 없고, 함께 할 수 없는 그 상황을…….

너무나 두렵고, 슬프다.

두 분이 내 곁에 정말 정말 오래오래 건강히 계서 주셨으면 좋겠다.

그리고 외가에 가족력이 있는 병, 치매도 너무나 두렵다.

엄마가 나를 잊을까 봐, 나와 함께한 추억들을 다 잊어버릴까 봐.

두려워하던 어느 날 엄마는 나에게 이렇게 말씀하셨다.

"나를 그렇게 괴롭힌 널 어찌 까먹어. 치매 걸려도 넌 안 까먹을 걸?"

그 말을 하며 우리는 어느 때처럼 장난끼 섞어서 웃으며 대화를 했다.

하지만 평소 장난 칠 때와는 확실히 다른 감정이었다.

웃고는 있지만 슬픈…….

치매가 제발 우리 가족을 피해가기를,

혹시나 치매가 우리를 피해가지 못 한다면

엄마가 어린아이처럼 행동해도 잘 보살펴 드릴테니,

우리 가족이 함께한 좋은 추억들은 놔두고

나쁜 기억들만 지우기를 간절히 바라본다.

제발 적어도 우리 가족의 존재,

우리 가족이 함께한 그 좋은 추억들만은 앗아가지 못하기를……

마음속으로 빌고 또 빌곤 한다.

이 생각들만 하면 할 때마다 눈물이 난다.

이 글을 쓰고 있는 지금도 잘 버티는 거 같았는데 기어이 눈물이

터져 버렸다.

이런 나이지만 유독 나는 표현을 잘 못 한다.

마음속으로는 수도 없이 말했지만

이상하게 직접 말하기에는 너무나 부끄러운 말이 있다.

"감사해요. 사랑해요."

말하지 않아도 알아줄 거라는 생각인 걸까?

집 분위기가 그런 표현을 잘 하지 않는 분위기라 그런 걸까?

표현 할 수 있을 때 많이 해야 하는데…….

입이 잘 떨어지지가 않는다.

수도 없이 마음속으로는 표현을 하곤 했지만,

말로는 왜 이리 힘든건지.

속상하면서도 끝까지 입이 잘 안 떨어진다.

그때마다 마음속으로라도 말을 하거나,

이렇게 글을 통해서 써 본다.

"엄마, 아빠 사랑해요.

저의 엄마, 아빠로 살아 주셔서 감사해요.

두 분이 계셨기에 인생을 살아오면서 고난이 찾아와도 잘 이겨내고

이렇게 잘 클 수 있었어요. 감사합니다.

그리고 간절히 부탁드립니다.

이렇게 제 곁에 오래오래 건강히 계셔 주세요.

아직은 많이 부족해서 갚지 못한 이 은혜를 다 갚을 수 있게요.

좋은 추억 함께 더 많이 많이 만들어요.

항상 감사하고 사랑합니다."

실수를 하더라도 !

사람은 누구나 실수를 하고 누구나 잘못을 한다.
하지만 그 누구도 실수를, 잘못을 하고 싶어서 하는 사람은 없다.
어쩔 수 없이 나도 모르는 사이에 하게 되는 게 실수이고 잘못이다.

그런데 나는 내가 실수를 하고 잘못을 저지르는 게
용서가 안 되었다.
실수를 하고 잘못을 하는 내가 한심했었다.
조그만한 실수인데도 큰 잘못을 한냥 나를 다그치곤 했다.
그리고 그 실수를, 잘못을 했다는 것에서 헤어 나오지를 못하곤 했다.
그러면서 자존감이 바닥으로 쭉쭉 내려가 버렸다.

하지만 돌이켜 보면 이런 실수, 잘못을 하고 나서는
자신을 되돌아 보는 시간을 가져야 하고
누군가에게 잘못을 했다면 사과도 해야겠지만,
자기 자신을 너무 심하게 비난을 해서는 안 되는 것 같다.
그 실수가 그 잘못이 나의 전부인 양…….

이 실수로 제일 아픈 사람도 나일 텐데……,
내가 원해서 한 것도 아닌데……,
그런 나를 비난하기만 하면 너무 슬프지 않을까?
나도 사람이기에 실수를 하고, 잘못을 하는 건데…….

실수, 잘못은 내가 사람이라는 걸, 살아있음을 증명해 주는 것 같다.

그러니 잘못을 하면 반성할 건 반성하고,

사과할 건 사과하고 난 후에,

그런 나 스스로를 용서해 줄 줄도 아는 그런 현명한 사람이 되자.

실수와 잘못을 환영해 줄 수는 없지만,
잘 놓아줄 줄도 아는 사람이 되자.
이것들에서 헤어나오지 못하는 바보는 되지 말자.

내 마음을 울린 축하공연!

2017년 백상예술대상에서 정말 감동적인 축하무대를 보았다.
단역배우 분들의 축하무대!
'꿈을 꾼다'라는 노래를 다함께 부르는 축하무대였다.
이 영상을 볼 때마다 나는 감동의 눈물이 났다.

배우라는 꿈을 위해 힘들고 지쳐도 포기하지 않고
단역이라도 열심히 연기하고 배우라는 직업을 사랑하며
열심히 살아가고 있는 모습이
내 마음에도 그리고 다른 배우 분들의 마음에도
커다란 감동을 주었다.

이 무대를 보고 나서 나는 내 꿈이 흔들리거나 힘들고 지칠 때마다
이 노래를 반복해서 듣거나, 이 영상을 다시 찾아 보곤 했다.
이 노래가, 이 무대가 주는 위로의 힘을 정말 컸다.
누군가의 노래가 누군가의 무대가 내 마음에 위로라는
큰 선물을 주었다.

나도 내 꿈을 위해 힘들고 지치더라도
주저 앉지 않고 한 발 한 발 걸어가야겠다는 생각을
다시금 내 마음속에 심었다.
느리게라도 좋으니 멈추지 않고 계속 나아갈 것이다.
언젠가는 이 날들을 회상하는 날이 오겠지?
꿈을 위해 한 발 한 발 내딛던 이 날들을!

내 인생을 사랑하며 살아갈 것이다 !

인생을 살아가면서 무슨 일이 생겨도
나는 내 인생을 포기하지 않을 것이다.
죽을 때까지 나를,
그리고 한 번 뿐인 내 인생을 사랑하며 살아갈 것이다!

미루는 습관이 필요할 때!

미래에 대한 걱정이 내 마음을 사로잡을 때는
미루는 습관이 필요한 것 같다.
그 일이 생길지 안 생길지도 모르는데 걱정한다고
지금, 오늘을 낭비하는 건 어리석은 일이다.
걱정한다고 해서 일어날 일이 안 일어나는 것도,
안 일어날 일이 일어나는 것도 아니다.
걱정에는 아무 힘이 없다.
걱정한다고 해서 예방할 수 있는 일도 있긴 하지만
물론 안 좋은 일들을 대비하는 것도 필요하지만,
나를 포함한 많은 사람들이 걱정해도 바꿀 수 없는 것들까지도
미리 걱정을 하곤 한다.
지금, 오늘 신경 써야 하는 것도, 해야 하는 것도 많은데
미래의 것까지 끌어 와서 나 자신을 더 힘들게 할 필요가 있을까?
걱정해서 해결할 수 없는 일이라면,
운명에, 하늘에 맡기고 오늘을 최선을 다해서 사는 게
더 현명한 거 아닐까?
걱정한다고 바뀌는 것도 없는데 왜 거기에
한정된 내 에너지를 쓰는 걸까?
그리고 미래에 불행이 온다고 가정하면
그 미래가 바로 내일이라고 하면,
오늘이 내가 행복할 수 있는 마지막 날일 수도 있는데,
그 마지막 시간마저 두려워하며 불행을 앞당기는 건
어리석은 일인 것 같다.
그러니 미리 걱정하지 말고 일이 생기면
그때가서 최선을 다해 해결하자.

나는 할 수 있다, 나는 할 수 있다, 나는 할 수 있다 !

같은 글이라도, 같은 책이라도
내 마음 상태, 내 상황에 따라
와닿는 내용이, 느껴지는 느낌이 다르기 때문에
여러 번 읽어도 재미나다.
책을 읽으며 형광펜으로 밑줄을 긋곤 하는데 읽을 때마다
같은 책인데도 그 밑줄이 달라지곤 한다.
분명 같은 책인데 이렇게 달라지는게 정말 신기했다.
한 책에서도 여러가지 위안을 받을 수 있음에 감사했다.

그리고 이 날은 내 수첩에 적혀 있는 이 메모가 내 마음을 울렸다.
'나는 할 수 있다. 나는 할 수 있다. 나는 할 수 있다.'
정말 정말 단순한 글이었는데
이 날은 왠지 내 마음속에서 자신감이 결여되어 있었는지,
미래에 대한 불확실함이 내 마음속에 자리잡고 있었는지,
왠지는 정확히는 모르겠지만 이 글에 순간 울컥했다.
내 마음이라도 정확히 알 수 없을 때가 많다.
그런 내 마음을 이런 글귀들을 읽으며 느껴지는 감정들이
알려줄 때가 있다.
이 날은 진짜 이 말에 많은 힘과 위안을 받았다.

문득 예전에 리우 올림픽 펜싱 박상영 선수가 떠올랐다.

정말 그날 보여 준 박상영 선수의 경기 결과는 기적이었다고 했다.

그 경기방식에서는 그 결과를 내는게 정말 힘들었다고 한다.

10 : 14로 지고 있던 상황에서

1점만 빼앗기면 지는 그 상황에서

5점을 연속으로 획득하며 우승을 했다.

그때 박상영 선수의

'나는 할 수 있다, 나는 할 수 있다, 나는 할 수 있다.'

이 되새김은 박상영 선수에게도

그 경기를 본 사람들에게도 많은 힘이 되었고

많은 감동을 주었다.

나도 앞으로 이 말을 꾸준히 내 마음에 되새기며 살아갈 것이다.

'나는 할 수 있다. 나는 할 수 있다. 나는 할 수 있다.'

좋은 친구가 되어 주었던 별이 !

14년가량을 나와 함께 해 주었던 친구이자 가족이었던 강아지 별이가
몇 년 전 우리 가족 곁을 떠났다.

내가 사춘기 때 동생이 너무 외로워 해서 우리집에 오게 되었는데,
동생은 1년만 함께하고 미국으로 유학을 가게 되었고
별이는 나의 외로움을 달래 주는 친구가 되어 주었다.

별이 덕분에 많이 웃기도 하고, 때론 울기도 했었다.

아무것도 하지 않아도 그냥 내 옆에 있다는 것만으로도
행복했었고 든든했다.

애교가 많은 아이도 아니었기에 오히려 내가 애교를 부려야 했지만
그래도 별이라는 존재는 나에게 선물같은 존재였다.

친구가 많지 않은 나였기에 별이는 더욱더 소중했다.

그렇게 내 곁을 지키며 많은 추억을 준 별이는 정말 갑자기 떠났다.

크게 아픈 곳도 없는 아이였는데, 잠들기 전까지 우리랑 놀았는데
새벽에 아빠가 잠이 일찍 깨서 거실로 나와 보니
혼자 세상을 떠나 있었다.

아빠께서 별이가 세상을 떠났다고 우리를 깨우는데
나는 처음에는 꿈인가 했다. 더 정확히 말하자면 꿈이었으면 했다.

평소에는 나랑 같이 잤는데,
이날은 왠지 나를 따라 들어오지 않았다.

'우리를 깨워서 인사라도 하고 가지.
왜 이리 쓸쓸히 혼자 간거니.'라는 생각이 들었다.

그렇게 별이는 우리 가족 곁을 떠났고
나는 며칠을 하염없이 눈물을 흘리며 지냈다.

내가 태어나서 경험한 첫 이별이라 그런지 더욱더 이 헤어짐이
크게 느껴졌다.

여전히 "별이야."라고 이름을 부르면
귀찮다는 표정을 지으면서 천천히 나에게로 걸어올 것 같다.
그리고는 해준 것들은 생각이 안 나고 못 해준 것들만
생각이 많이 났다.
분명 잘 해준 것들도 많았을 텐데 좀 더 잘 해줄 걸이라는 후회가 됐다.
좀 더 산책을 많이 시켜줄 걸, 좀 더 많이 쓰다듬어 줄 걸,
좀 더 많이 안아줄 걸, 좀 더 많이 놀아줄 걸!

그러면서 사람이든 동물이든 있을 때 잘 해줘야 한다는 걸
다시 한 번 더 깨달았다.
떠나고 나서 후회해도 해줄 수 있는 건 없다.
내 곁에 있을 때 내가 할 수 있는 한 최선을 다해 잘 해준다면
이렇게 헤어지더라도 조금은 덜 아프지 않을까?
어떤 존재가 나를 떠난다는 건 정말 정말 슬픈 일이지만
그런 슬픔을 최소한으로 하기 위해
나는 지금 내 곁에 있는 사람들에게
내가 할 수 있는 한 최선을 다해
잘 해주고 함께 많은 추억을 만들어야겠다.

몇 년이 지났지만 여전히 별이가 너무나 그립고 보고 싶다.
나에게 많은 사랑, 추억, 그리고 깨달음을 주고 떠난 별이에게
너무나 고맙다.

나는 내 인생을 잘 살아낼 것이다 !

마음이 많이 강해졌다고, 이제는 괜찮을 거라고 살아가던 어느날
또다시 내 마음은 커다란 불안의 늪에 빠져 들었다.
나오려고 애쓰면 애쓸수록 더 빠져드는!
늪에 빠지면 빠져 나오려고 하면 할수록 더 빠져든다는 걸 알면서도
두려움에 살고 싶다는 생각에 빠져나올 수 있을 것 같다는 생각에
허우적거린다.

바다물에 빠져도 당황하지 않고 침착하면 물에 몸이 떠 있어서
꽤 오랜 기간 버틸 수 있는데
빠지는 순간 두려움에 휘말려 허우적거리다 더 위험해진다.

동생이 어릴 적에 경험했던 일이 생각난다.
필리핀 세부로
엄마, 아빠, 나, 동생 이렇게 네 식구가 함께 가족여행을 갔었다.
그리고 가이드분과 함께 스노쿨링을 하기 위해
배를 타고 바다로 나갔다.
스노쿨링 장소로 가는 동안 활동적인 동생을 재밌게 해주고 싶으셨던
가이드 아저씨가 동생을 데리고 배의 뱃머리로 가서 섰다.
나는 카메라를 들고 그 두 사람을 찍고 있었다.
그런데 순간 두 사람이 시야에서 사라졌다. 정말 순간이었다.
가이드 아저씨가 뱃머리에서 발을 헛디디시면서 동생을 안고
바다에 빠져 버리셨다.
우리 가족은 순간 겁에 질렸다.

수영을 잘 못하시는 아빠가 자신이 구해오겠다며 뛰어들려 하셨다.
배를 운전해 주시는 분들이 말리셔서 뛰어 들지는 못하셨다.
심지어 이 배는 좌우가 잘 안 흔들리게 중심을 잡도록 양쪽 옆에
날개 같은 게 달려 있던 배였다.
그래서 배를 다시 돌리는데도 시간이 오래 걸리는 그런 배였다.
잠시 후 저 멀리 두 사람의 얼굴이 보였다.

이 때 천만다행이었던 건 동생이 당황하지 않고 침착했다는 거,
그리고 가이드 아저씨도 라이프가드 자격증이 있는 분이셔서
당황해서 동생을 힘으로 누르는 실수를 하지 않으시고
동생을 케어해 줄 수 있는 분이셨다는 거다.

가이드 아저씨가 동생이 걱정되서 괜찮냐고 물으니
개수영하면 된다며 괜찮다며 버텼다고 한다.
다만 시간이 좀 지나니 신발이 물에 젖어 무거워져 힘들다며
아저씨께 매달려 있겠다고 하고 매달려서 배를 기다리고 있었다.

그 결과 내 동생은 태평양 한가운데 빠졌지만 살아 돌아왔다.
동생이 아니라 나였다면 결과는 달랐을 것 같다.
가이드 아저씨는 우리 가족에게 너무나 미안해 하셨고
일정 동안 정말 정말 잘 해주셨다.
그리고 그렇게 미안해 하고 잘 해주시는 모습을 좋게 보신
엄마, 아빠는 한국으로 돌아올 때 오히려 팁을 더 주고 오셨던 걸로
기억한다.

동생이 물에서 안 빠지려고 허우적거리지 않아서 살아왔듯이
불안을 대할 때도 불안에서 빠져 나오려고 허우적거리지 않아야만
불안에서 벗어날 수 있다고 한다.
그런데 알면서도 안 된다는 게 참 아이러니다.
나는 이번 불안에서도 똑같은 실수를 했었다.
빠져 나오려고 허우적허우적거렸고 점점 불안 속으로 빠져 들었다.
정신을 차리고 보니 불안의 깊은 곳까지 빠져 들어와 있었다.

사실 좀 슬펐다.
이제는 많이 강해져서 불안이라는 감정을 컨트롤 할 수 있게 되었다고
생각하고 있었는데 아직 아니라는 사실에 좀 슬펐다.
하지만 그렇다고 이대로 계속 우울해하고 있을 수는 없었다.
다시 한 번 해답을 찾아야 했다.
책도 읽고, 명상도 하고, 생각도 정리하며
내 마음을 스스로 달래 주었다.
그리고 이번에 나를 늪에서 건져내 준건
'회복탄력성'에 대한 믿음이었다.
어떤 고난이 와도 나는 잘 이겨내고 계속해서 내 인생을 잘 살아갈 수 있
다는 믿음, 나는 어떤 상황에서든 내 인생을 최선으로 이끌 수 있다는 믿
음, 어떤 상황에서도 희망은 남아 있다는 믿음, 다 괜찮아질 거라는 믿음,
어떤 고난이 찾아오더라도 내 인생은 계속되고 길이 나타날 거라는 믿음!
나 자신이 내 인생을 잘 살아낼 거라고 믿어주니
마음이 한결 편안해졌다.

그리고 저 믿음을 반복해서 내 마음에 심어 주었다.
그 결과 앞으로 살아가며 어떤 고난이 닥쳐도
나는 그 고난을 잘 해결할 수 있을 것 같다는 자신감이
내 마음속에 심어졌고 꽤 오랜 시간 느낀 이번 불안감을
극복할 수 있었다.
이렇게 극복할 수 있음에 정말 정말 감사했다.

꿈을 계속 꾸는 이유 !

꿈을 꾼다는 건 행복한 일이기도 하지만
실패를 경험해야 하기에 힘든 일이기도 하다.
나도 수많은 실패를 경험했고, 다시 도전하고를 반복하고 있다.
그러면서 문득 궁금했다.
이렇게 실패를 경험하면서 아프면서도
나는 왜 계속 꿈을 꾸는 것일까?
이렇게 꿈을 꿔서 내가 이루고 싶은 궁극적인 목표는 무엇일까?

많은 사람들의 목표는 '돈'일 것 같다. 아닌 분들도 있겠지만!
물론 나도 돈을 많이 벌고는 싶다.
하지만 생각을 해 본 결과 나는 돈보다는 '사람'들을 얻고 싶어서
꿈을 꾸고 도전하는 것 같다.
'사람'도 행복한 인생에 있어서 정말 중요한 것 중 하나인 것 같다.
사진가라는 직업을 통해서는 사진을 좋아하는 사람들을 만나
함께 예쁜 곳들을 다니며 다양한 사진을 찍고 싶다.
작가라는 직업을 통해서는 내가 무언가를 해 줄 수 있는 사람,
예를 들면 내가 도와 줄 수 있고, 위로 해 줄 수 있는 사람들을
만나고 싶다.
그리고 이렇게 사진과 글들을 통해 나를 좋아해 주는 사람들을
많이 만나고 싶다.
사람들에게 사랑받는 건 정말 행복한 일이니!
이렇게 만난 분들과 함께 좋은 추억들을 만들며 살아가는 게
궁극적인 내 삶의 목표이다.

예전에 잠시 일했던 회사에 들어가기 위해
면접을 보았을 때가 기억이 난다.
조그마한 회사였기에 1대 1 면접을 보았는데,
그때 면접관분께 이 말을 했었던 기억이 난다.
"저는 돈도 좋지만 사람들을 얻고 싶어요."
그랬더니 그 분이 이렇게 대답을 해 주었다.
"좋은 자세예요.
사람을 얻으려 하다 보면 돈도 저절로 따라오게 되요.
근데 많은 사람들이 그걸 모르고 무작정 돈만 좇고,
사람을 중요시하지 않다가 많이들 실수를 하더라구요.
아혜씨는 사람이 더 중요하다고 했으니,
분명 좋은 결과가 있을 거에요."

이 분 말씀처럼 좋은 결과가 있을지는 알 수 없지만,
나도 돈보다는 '사람'들을 얻고 싶어 하는 내 자신을 칭찬해 주고 싶다.

이렇게 내가 꿈을 꾸는 이유를 생각해 보고 나니,
지쳤던 내 마음에 다시금 힘이 생기는 것 같다.
이 생각을 하기 전에는
'계속 실패하면서 아픈데
도대체 내가 왜 계속 꿈을 꾸는거지?'라며 마음이 많이 흔들렸다.
내 자신에게 답을 주고 나니 마음이 많이 안정되었다.
자신의 궁극적인 목표를 알고 있는 건 인생을 살아가는데
많은 도움이 되는 것 같다.

길몽 같은 사람이 되고 싶다 !

꿈! 자면서 꾸는 꿈에는 좋은 꿈인 길몽, 안 좋은 꿈인 흉몽이 있다.
길몽을 꾸면 좋은 일들이 생긴다고 알려져 있다.
가장 많이 알려진 길몽에는 돼지꿈, 똥꿈이 있다.
하지만 나에게는 이 꿈들 말고 정말 효과가 좋은 길몽이 있다.
아무리 돼지꿈, 똥꿈을 꾸어도 좋은 일이 안 생겼는데
이 꿈만 꾸면 내가 갖고 싶던 걸 가지게 된다.
그 꿈은 바로 연예인이 나오는 꿈이다.
단, 연예인이 나오는 것만으로는 안 된다.
연예인에게 싸인까지 받고 깨야만 한다.
진짜 신기하게도 이 꿈을 꾸고 나면 며칠 안에 내가 갖고 싶던 것을
갖게 되었다.
그러다 보니 꿈에 연예인이 나왔는데 싸인을 안 받고 깨면
그렇게 아쉬울 수가 없었다.
대신 싸인까지 받는 꿈을 꾸면 이번엔 어떤 걸 갖게 될지
너무나 설레였다.

그러면서
나도 사람들에게 길몽 같은 사람이 되고 싶다는 생각이 들었다.
나와 만나고 나면 좋은 일이 생기는 그런 사람!
좋은 감정을 느낄 수 있거나, 좋은 경험을 하게 되거나,
좋은 추억이 생기거나.
그래서 나와 만나기로 약속이 잡히면 설레이고
약속을 잡는 순간부터 기분이 좋아지는 그런 사람이 되고 싶다.

대학교 때 친구 중 한 명이 나한테
"너랑 만나면 재미난 경험들을 하게 되는 거 같아.
그래서 너무 좋아."라고 말해 주었다.

난 그 말이 너무나 좋고 고마웠다.
사람들을 즐겁게 해 주는 사람이 되는 게
어릴 적부터 내 삶의 목표였는데
그 순간은 그 삶의 목표를 이룬 느낌이었다.

그래서 앞으로도 이렇게 사람들이
나와의 만남을 행복해할 수 있는 그런 사람이 되기 위해
노력해 볼 것이다.
대학교 때 느껴던 그 행복을 다시 느껴보기 위해!
내 삶의 목표를 이루기 위해!

건강이 제일 중요하다 !

나는 미래에 나를 행복하게 해 줄 꿈을 꾸면서 행복했다.

아니 솔직히 말하면 꿈을 꾸면서 행복했다기보다

꿈이 이루어지면 행복할 거 같았다.

꿈꾸는 과정을 즐기고 싶었지만,

꿈꾸는 과정도 즐거야 한다고 들었고 그렇게 생각했지만

솔직히 말해 계속 꿈을 위해 도전하고 또 도전하는데

계속해서 실패를 경험하니 무작정 꿈꾸는 걸 즐길 수만은 없었다.

그러다 보니 '꿈이 안 이루어지면 어떡하나?

많은 노력을 하는데도 이렇게 안 이루어지는 꿈이

앞으로도 노력한다고 이루어진다는 보장이 있을까?

도대체 무얼 어떻게 더 해야 하는거지?'라는 고민을 하다가

내 건강을 망치기 일수였다.

나에게 꿈은 양날의 칼이었다.

나를 행복하게 해 주면서도 힘들게 하는!

그래서 이렇게 꿈이 나를 행복하게만 해 주지 않는 것의 원인을

곰곰이 생각해 보았다.

학창시절부터 생각이 많고 걱정이 많았던 나는

오랜 기간 스트레스가 몸 안에 차곡차곡 쌓여 있었다.

그래서 다른 사람들은 괜찮을 정도의 양의 생각인데도,

내 몸은 그 생각들을 큰 스트레스로 생각해서 긴장을 하고,

그 긴장이 나로 하여금 통증을 느끼게 했던 것 같다.

조금만 생각을 해도 내 건강의 발란스는 깨지곤 했다.

일상생활이 힘들 정도였다.

나 스스로 내 몸을 이렇게 만들어 놓고는,
이렇게 쉽게 무너지는 나 스스로에게
'이 정도도 못 버티냐고 도대체 왜 그러냐고'
마음속으로 화를 내곤 했다.

꿈을 꾸는 것에도 그 무엇보다도 건강이 제일 중요하다는 걸
몸소 느꼈다.
무얼 하려 해도 건강이 안 따라주니 도저히 아무것도 할 수가 없었다.
제일 하기 쉬운 생각만 해도 건강이 무너져 버리니……,
하루하루가 통증으로 너무나 힘들었다.
삶의 질이 너무나 떨어졌다.

그래서 나는 결심했다.
꿈을 이루어서 느낄 수 있는 그 행복을 조금 유예하기로…….
꿈꾸는 것을 잠시 쉴 줄 아는 용기를 내 보기로…….
꿈을 꿀 수 있는 기초적인 자산인 건강 없이는 아무것도 할 수 없다는
사실을 다시금 깨달았다.
꿈을 이루어서 느낄 수 있는 그 행복을 느끼기 위해
오늘의 행복마저, 오늘의 삶의 질마저 포기할 수는 없었다.
꿈을 이루어서 느낄 수 있는 행복 대신에
건강을 챙기면서 조금씩 건강해짐을 느낄 수 있는 행복과
소소한 일상에서의 행복을 느끼며 살아가 보기로 했다.
최소한 일상생활을 하며 통증 때문에 힘이 들지 않을 정도까지는.

그나마 다행인 건

소소한 일상에서도 충분히 행복을 느낄 수 있는 것들이

많이 있다는 것이었다.

맛있는 음식을 먹을 수 있음에,

가족과 함께 웃으며 장난도 치고 시간을 보낼 수 있음에,

감동적인 영화를 볼 수 있음에,

내가 좋아하는 음악을 들을 수 있음에,

내 마음에 위로를 주는 책을 읽을 수 있음에,

사진을 찍을 수 있음에,

예쁜 하늘을 볼 수 있음에,

따스한 햇살을 즐길 수 있음에,

몸에 닿는 선선한 바람을 즐길 수 있음에,

새로운 하루가 나에게 주어졌음에,

행복을 느낄 수 있었고 감사함을 느낄 수 있었다.

이런 행복들을 느끼며

내 몸안에 쌓여 있는 스트레스, 긴장감들을 조금씩 조금씩 줄이다 보면

정말 힘을 내서 꿈을 꾸고,

또 꿈을 이루고 그 꿈으로 인해 행복을 느낄 수 있을 것 같다는

생각이 들었다.

다시 한 번 말한다.

꿈을 꾸든 인생을 살아가든 건강이 제일 중요하다고…….

많은 사람들을 만나고 싶으면 !

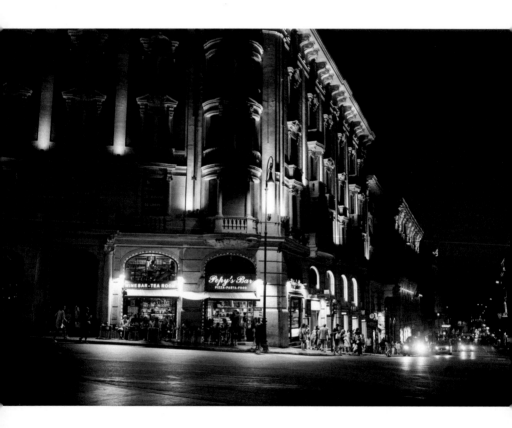

어릴 적부터 나는 다양한 사람들을 만나 보고 싶다는 생각을 했다.
그리고 그런 나의 눈에 들어온 글귀!
"많은 사람들을 만나고 싶으면 먼저 만나 보고 싶은 사람이 되라!"

인생에 정답이 없듯 많은 사람들을 만나는 방법에
이것만이 정답은 아니다.
하지만 정답 중 하나는 분명하다.
'만나고 싶은 사람이 되라.'

아직은 이 답을 실행할 수 있는 그런 사람이 되지는 못 했지만,
언젠가는 이런 사람이 되어 내 소망을 이룰 것이다. 꼭!

나에게 주어진 축복 !

나를 기분 좋게 하는 것들이 무엇인지 알고 있다는 건
정말 큰 축복인 것 같다.
짧은 시간 안에 마음이 즐거워지고 편안해진다.
이런 축복이 나에게 왔음에 감사하다.

특히 나를 행복하게 하는 것은 사진 찍기이다!
사진을 찍는 동안은
잠시라도 걱정과 스트레스에서 벗어날 수가 있다.
셔터를 누르는 그 손끝에 집중을 하고,
눈 앞에 펼쳐진 순간에 집중을 하고 나면
마음이 한결 편안해지고 행복해진다.
사진 찍기에도 명상의 효과가 있는 것 같다.

나 스스로 !

나 스스로 나를 행복하게 해줄 것!
다른 사람으로부터 찾는 행복은 쉽게 변하고 불확실하지만
내가 나에게 주는 행복은 의지가 있으면 영원하고 확실한 것 같다.

노래 한 곡에 마음이 위로가 된다 !

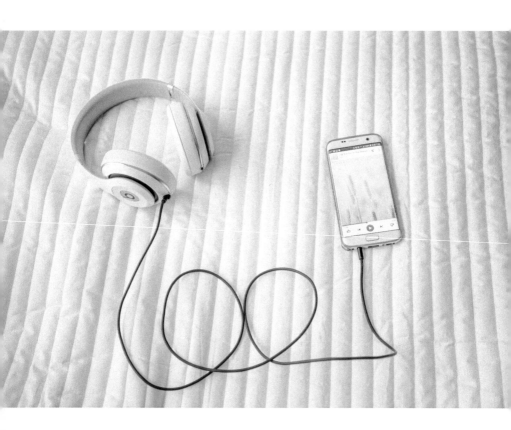

때로는 노래 한 곡에 마음이 위로가 된다.
내 마음을 따스하게 해 주는 멜로디에,
내 마음을 위로해 주는 가사에,
내 마음을 녹여 주는 목소리에!

일에 치이고 꿈에 치였을 때에도,
사람에게 다쳤을 때에도,
외로울 때에도,
인생에 지쳤을 때에도,
노래로 마음이 위로가 된다.

이런 멋진 노래로 위로와 즐거움을 선물해 주는 분들께
진심으로 감사하다!

비 오는 날 !

비가 오는 날!
창문을 통해 밖을 보는 게 너무나 좋다!
창문에 점점이 박힌 빗방울들을 보며 가만히 있으면
괜스레 기분이 좋아진다.

그래서 비 오는 날이면
나는 집 소파에 앉거나
때론 카페에 앉아서 창문을 통해 비 오는 걸 구경한다.

밖에 있으면 습하고 축축해서 싫은 비가
이렇게 안에서 내다보면 왜 이리도 운치 있고 좋은지!

'어떤 상황이든 내가 어떻게 보느냐에 따라 확실히 달라지는구나'라는
생각이 들었다.
좋게 보면 좋은 것이든 안 좋은 것이든 좋게,
짜증나는 것으로 보면 좋은 것이든 안 좋은 것이든
다 짜증나게 느껴지는 것 같다.

인생을 살아가면서 이 사실을 잊지 말자.
인생에 고난이 닥치더라도 좋은 면을 보도록 노력하며 살아가자.
그러면 힘이 안 들지는 않겠지만
적어도 고통은 줄어들 거라고 확신한다.

보려고 하면 할수록 더 많이 보인다 !

늘 걷던 평범한 길도 카메라를 들고
무언가를 찍겠다는 생각을 가지고 의식적으로 걷다 보면
평상시에는 보지 못했던 소소한 아름다움들을 발견하게 된다.
조그만한 꽃부터 예쁜 나무, 하늘, 열매 등등!
신경쓰지 않고 지나가면 보이지 않던 것들이 보인다.

특히 여행하는 동안은 효과가 더욱더 좋다.
사진으로 아름답고 행복한 순간을 찍겠다는 생각을 갖고
여행을 하다 보면
함께 여행 중인 사람들은 놓치고 지나가거나 의미 없이 지나가는
사람들의 소소한 행복들을 더 많이 보고 더 많이 담게 된다.

카메라를 들고 산책을 하면 더 많은 것을 볼 수 있듯이
인생에도 수많은 아름다운 순간들과 행복들이 있음에도
우리가 의식하지 않고 보려하지 않아서 발견하지 못한
아름다운 순간들이 많을 것 같다는 생각이 들었다.

그래서 의식적으로
아름다운 순간들을 찾아보겠다는 생각을 하고 지내기 시작했었고
확실히 그전보다 아름다운 순간들을
나 자신에게 더 많이 보여 줄 수 있었다.

행복이든, 아름다움이든 보려고 하면 할수록
더 많이 보인다.

평범한 일상일지라도 !

살아가면서 겪는 수많은 일상.
평범하고 아무 의미가 없어 보일지라도,
정말 평범한 일상일지라도,
내가 태어났고, 살아있음에 즐길 수 있는 것들이니
정말 정말 감사한 일이다.

그리고 시간이 지나 그 순간을 생각해 보면
정말 정말 평범했던 순간들도 정말 소중한 추억으로 기억되기도 한다.

일상이었던 학창시절 학교생활.
그때는 단순한 일상이었다.
공부를 해야 하기에 힘든 일상이기도 했다.
하지만 친구들이 있었고, 학교에서 만든 추억들도 있었다.
그렇기에 학교에서의 반복되던 생활도,
심지어 안 좋았던 경험마저도 추억이 되어
그때를 생각해 보면 너무나 그립고 미소가 지어진다.
드라마 '고백부부'처럼 지금 어느 한 시절로 돌아갈 수 있다면
고등학교 시절로 돌아가서 학교에서의 일상을
다시 즐기고 싶다.
그때는 그런 일상들이 이렇게 그리울 줄 몰랐다.
지금 다시 돌아가면 학창시절을 정말 재밌게 보낼 것 같다는 생각이 든다.

지금이라도 나중에 오늘을 생각하며 아쉬워하지 않게
평범한 일상일지라도 소중히 여기며 즐기자.

티끌 모아 태산, 추억 모아 행복 !

티끌 모아 태산이 되듯,
소소한 추억들이 쌓이고 쌓여 행복한 인생이 된다.
머리 속에 있는 기억들이,
핸드폰 속에 남아 있는 사진들이,
메모장에 기록되어 있는 내 인생의 이야기들이
모두모두 삶을 행복하게 만들어 주는 소중한 보물들이다.
나는 틈틈이 이 보물들을 다시 꺼내 본다.
그리고 미소 짓는다. 저절로 행복해진다.

많은 사람들이 이렇게 소중한 추억이 부리는 마법을 잊지 말고
맘껏 즐길 수 있기를 바라본다.

그러니 소중한 사람들과 시간이 되는대로 소중한 추억들을
하나하나 만들어 가자.

그 추억들은 반드시 쌓이고 쌓여
힘들고 지칠 때 힘이 되어 주고,
외로울 때 위로가 되어 주고,
슬플 때는 웃을 수 있게 해 준다.

이 세상에서 가장 행복한 사람은
이렇게 추억할 수 있는 추억이 많은 사람인 것 같다.

나만의 필터 !

일상을, 내 삶의 순간순간들을
아름답게 보며, 느끼며, 기억하며 살고 싶다.

아름답고 따스한 영화와 동화를 보듯,
예쁜 가사, 예쁜 멜로디의 노래를 듣듯,
힘이 되는 글귀를 읽듯,
내 인생에 펼쳐지는 순간순간들을 감상할 수 있는
눈과 귀와 마음을 갖고 살아가고 싶다.

카메라에 필터를 끼우듯
내 눈과 귀와 마음에도
아름다움을, 따스함을, 행복을 보고 느낄 수 있는
나만의 필터를 끼우고 살아가자.

어떤 순간에도 인생을 더 아름답게 볼 수 있도록!

음악을 들으며 걷기 !

귀에 이어폰을 꼽고
가사가 예쁜 노래, 좋아하는 가수의 노래, 멜로디가 예쁜 노래를 틀고
천천히 걸어 본다.

그냥 걸을 때보다 기분이 더욱더 좋아진다.
때론 영화 속 한 장면 속으로 들어가는 느낌이 든다.

귀에 흐르는 노래가 BGM이고,
눈 앞에 보이는 모습들이 영화 속 한 장면으로,
영화를 감상하는 것 같아서 좋다.

이런 행복을 느끼게 해 주는 아티스트 분들께 감사해지는 시간이다.

땡큐, 고마워 !

별것도 아닌 일들에 '땡큐'라고 말하는 외국인들이 신기해 보였다.
물론 그냥 반사적으로 하는 '땡큐'인 경우도 많겠지만
'땡큐'라는 말이 입에 배어 있는 것 같았다.

동생과 동생 여자친구, 그리고 다른 동생들과 함께
유럽여행을 다녀왔는데,
외국에서 공부하고, 일하고 있는 동생 커플도
'땡큐'라는 말이 입에 배어 있는지
함께 여행을 하는 내내
정말 사소한 것에도 서로에게 고맙다는 표현을 했다.
그 모습이 너무나 예뻐 보였다.

두 사람은 함께 있는 나에게도 '땡큐'라는 말을 많이 해 주었다.
진짜 별것 아닌데 무언가 큰 걸 해 준 것처럼 기분이 좋아졌다.

그래서 그들과 함께하는 동안 나도 '땡큐'라는 말을 많이 해 보았다.
'땡큐'라는 말은 듣는 것도 좋았지만
말을 함으로써 감사할 일이 있다는 것에 다시 한 번 더 행복했다.

그러면서 나도 '땡큐'라는 말을
온몸에, 온 마음에 스며들게 해야겠다는 생각이 들었다.
나 자신과 나와 함께하는 사람들이 모두 다 행복할 수 있게!
많이 하면 할수록 기분이 좋아지는 말이다.
많은 사람들이 '땡큐'의 매력에 빠지길 바라본다.

나무에게 위로받은 날 !

미국 샌프란시스코에 여행을 갔을 때, 예쁜 공원에 잠시 들렀다.
그리고 그곳에서 어마어마하게 큰 나무를 마주했다.
얼마나 오랜 세월을 살아온 나무일까?
얼마나 오래된 나무이길래 저렇게 크고 튼튼한 거지?

그 오랜 세월 동안 얼마나 많은 고난을 이겨냈을까?
고난들을 이겨냈기에 저렇게 튼튼해진 거겠지?

그 고난들을 이겨내고 저렇게 튼튼히 서 있는 나무를 보니
숙연해지는 동시에 왠지 응원을 받는 것 같았다.
나무가 나에게 말을 건네는 것만 같았다.

"너도 고난이 닥쳐도 잘 이겨낼 수 있을 거야!
고난을 이겨내면서 너는 나처럼 더 튼튼해질 거야.
그러니 겁 먹지마! 나도 응원해 줄게!"

잠시 멍하니 나무를 쳐다보았다.

포옹이 주는 따뜻함 !

여행을 하며
예쁜 커플들이 서로를 꼭 안고 있는 모습들을 마주했다.
그 순간들이 너무나 로맨틱해 보여서
카메라 셔터를 누르지 않을 수가 없었다.
보는 것만으로도 마음이 따스해졌다.

그러면서 힘든 시험을 마치고 나왔을 때 수고 많았다고
나를 꼭 안아 주셨던 엄마, 그리고 언니의 포옹이 떠올랐다.
평소에 손 잡는 것, 포옹 이런 걸 많이 어색해서
누군가를 많이 안아 주지도 못 했고,
누군가의 손을 잘 잡아 주지도 못 했다.
그런데 그때의 엄마와 언니의 포옹으로
포근함과 따스함을 느끼고 나서
나도 앞으로는 사람들에게 따스한 포옹으로
위로와 응원을 선물해 주고 싶다는 생각이 들었다.

여행을 하며 예쁜 포옹의 순간들을 보니
그때가 많이 생각났다.
포옹이 주는 따뜻함, 앞으로도 많이 느끼고 선물하며 살고 싶다.

서로에게 취한 사람들 !

여행을 다니며
함께 있는 것만으로도 행복해 보이는 커플들을 만났다.
서로에게 취해 있는 두 사람!
그리고 그 모습들에 취한 나!

서로를 바라보는 눈빛에서 사랑이, 낭만이, 꿀이 뚝뚝 떨어졌다.
영화 속 한 장면을 보는 것만 같았다.
저들의 사랑이 영원할지는 장담할 수는 없겠지만,
저 순간만은 서로에게 흠뻑 빠져 있는 것만 같았다.
함께 있다는 것만으로도 너무나 행복해 보였다.

나도 이런 사랑을 꿈꿔 본다.
함께 있다는 것만으로도 행복한 그런 사랑을 꿈꾼다.

매직아워의 행복 !

사진 찍는 사람들에게 해가 질 때쯤 감상할 수 있는
아주 짧은 매직아워는 최고의 시간이다.
매직아워에는 셔터를 누르는 족족 작품이 된다.

사진으로 즐기는 매직아워도 좋지만
드라이브를 하며 즐기는 매직아워도 정말 좋다.

해가 질 때쯤, 붉은 빛을 내기 시작할 때
운전을 하며 팝송을 듣는 게 너무나 좋다.
팝송이기에 가사를 잘 알아들을 수는 없지만,
매직아워에 드라이브를 하며 팝송을 들으면
왠지 외국에 와 있는 듯한 느낌이 든다.

미국 엘에이는 유독 매직아워가 예쁜 곳이었는데
그곳에서 라디오를 들으면 달리던 그 시간 속으로
잠시나마 시간 이동, 장소 이동을 한 듯한 느낌이 든다.
저절로 기분이 좋아진다.

조용히 눈 감고 호흡을 하는 것도 좋은 명상이지만
좋은 기분을 느끼는 것도 좋은 명상이라던데
매직아워에 하는 드라이브는 이 말에 100% 공감하게 해 준다.

유난히 예쁜 바다색을 만나다 !

나는 이곳저곳 다니며 예쁜 바다를 보는 걸 정말 좋아한다!
바다 때문에 파란색을 좋아하게 된 것 같다.
여러 바다를 보았지만 일본 오키나와에서
유난히 예쁜 바다색을 만났다.
진짜 색이 어쩜 이럴 수가 있을까? 그라데이션까지 완벽했다.

사람들이 바다를 보고 '물감을 풀어 놓은 것 같다'는 표현을
많이들 사용하던데,
이 바다를 보고는 진짜 '누군가가 물감을 풀어 놓은 게 아닌가?' 하는
생각이 들었다.
심장이 두근두근거렸다.
넋 놓고 멍하니 쳐다보고 있게만 되었다.
눈과 마음이 시원해지는 것만 같았다.
저 색 그대로 보관이 가능하다면 유리병에 담아 오고 싶었다.
그게 불가능하기에 내 눈에, 내 마음에, 내 카메라에 담아 왔다.

이렇게 아름다운 바다를 만날 수 있음에 정말 감사했다.
이런 행복을 느낄 수 있음에 감사했다.

기분이 꿀꿀할 때는
예쁜 바다를 보러 가는 게 정말 좋은 방법인 것 같다.

반짝임을 감상하다 !

미국 LA 여행 중 햇살이 좋았던 어느 날!

LA 해변을 천천히 걸어 보았다.

햇살에 바다가 반짝였다.

꼭 하늘에 별이 떠 있는 것 같았다.

그 반짝임에 눈길을 사로잡혔다.

잠시 서서 멍하니 쳐다보았다.

너무나 아름다웠다.

햇빛이 바다에게 선물한 반짝임이

나에게도 잊지 못할 순간을 선물해 주었다.

이 순간 잠시 시간이 멈췄으면 좋겠다는 생각이 들었다.

저 반짝임을 내 눈에 내 마음속에 영원히 담아 두고 싶었다.

보고 싶을 때 언제든지 꺼내 볼 수 있도록!

그리고 바다를 더 예쁘게 해 준 햇빛처럼

나도 다른 사람들을 좀 더 빛나게 해 줄 수 있는 사람이 되어야겠다고

결심했다.

오늘을 즐길 수 있는 최고의 방법 !

여행을 하는 동안은
과거의 순간도,
미래의 순간도 아닌,
여행을 하고 있는 지금 이 순간에 집중하여
이 순간을 즐길 수 있다.
그래서 나는 여행이 좋다.
항상 미래로 향하곤 했던 내 마음을
'지금 이 순간'에 붙잡아 주기에……

그리고 그렇게 '지금 이 순간'을 즐기고 있는 내 모습이 좋다.
진짜 행복한 사람은 오늘을 즐길 줄 아는 사람인데
여행을 하는 동안은 나는 진정 행복한 사람이 되어 있다.
일상으로 돌아오면 다시 바뀔지라도,
잠시나마 이런 사람으로 살 수 있음에 감사하다.

미소가 예쁜 아기들을 보면 행복해진다 !

나는 아기를 좋아한다.

특히 아기의 웃는 모습이 너무나 좋다.

그래서 나는 사진 일을 시작할 때 아기들을 찍을 수 있는

돌스냅, 야외 베이비스냅으로 일을 시작했었다.

사진을 찍으며 보는 아기들의 해맑은 모습들이

나를 행복하게 해 주었고,

일을 하며 느낄 수 있는 피로감을 녹여 주었다.

이런 나의 앞에 유럽여행을 하는 동안 정말 많은 예쁜 아기들이

나타나 주었다.

미소도 정말 예쁘고 특히 눈이 정말 예뻤다.

말이 통하지 않았지만 웃으며 장난을 치며

함께 행복한 시간을 보냈다.

스위스 취리히 린덴호프 언덕에서 만난 아기들도,

스위스 취리히 숙소 근처 공원에서 만난 아기도,

이탈리아 베니스에서 만난 아기들도,

이탈리아 로마에서 만난 아기도,

독일 티티제 호수 근처 카페에서 만난 아기도,

모두모두 나에게 커다란 행복을 선물해 주었다.

이렇게 예쁜 아기들을 만나고, 사진으로 담을 수 있어서

행복했다.

아기들 사진을 찍는 건 말이 통하지 않기 때문에 힘이 많이 들지만

아기들의 자연스러운 그 해맑음, 미소들이 예쁘게 담길 때면

정말 행복하기에 아기들을 계속 사진에 담아 보고 싶다.

아기들의 해맑은 미소를 보며 다른 사람들도 행복해질 수 있도록!

엄마께서 알려 주신 사랑 !

엄마와 동생과 셋이서 함께 아침을 먹으며
사랑에 대해 이야기를 나누었다.
엄마는 지금 사랑을 하고 있는 동생에게 명심하라며
사랑에 대한 명언을 남기셨다.

"진정으로 사랑한다면
내가 해 주고 싶은 걸 상대에게 해 주는 게 아니라
상대방이 원하는 걸 해 주는거야."

어디선가 많이 들어본 말이지만
내 인생 선배이자 멘토인 엄마께 들으니 더 와닿았다.

동생뿐만 아니라 나도 마음속에 메모를 해 두었다.
나중에 진심으로 사랑하는 사람이 생기면
내가 해 주고 싶은 것만 해 주고
많이 사랑하고 있다고 하는 게 아니라
사랑하는 사람이 원하는 걸 해 주는 그런 진정한 사랑을
해야겠다는 생각이 들었다.

사랑노래 !

고등학생까지는 시중에 나온 노래들의 내용들이 주로 사랑이야기라서
공감이 안 되고 재미가 없었다.
하지만 지금은 오히려 사랑노래들이 너무나 고맙다.
지금 느끼지 못하는 사랑의 감정을 간접적으로라도 느끼게 해 주는
노래들이 정말 고맙다.

사랑노래들을 들으면서 내가 노래 주인공인 것처럼 감정이입을 해서
들으면 왠지 내가 노래 속 주인공인 것처럼 느껴진다.
노래 속 가사처럼 예쁘고 달달한 사랑을 하고 있는 것처럼,
그리고 할 수 있을 것 같다는 행복한 느낌들을 준다.

그래서 난 노래들을 가수를 보고 다운받기 보다
노래 내용을 보고 감정이입을 해서 공감할 수 있는 노래들을 받는다.
좋아하는 가수의 노래는 이별노래도 종종 듣긴 하지만…….

점점 더 좋아지는 사랑 !

처음 연애할 때보다
지금이 아빠가 더 좋다는 엄마!
친구와 보내는 시간보다 엄마와 함께 시간 보내는 걸
여전히 더 좋아하시는 아빠!
두 분은 늘 사랑이 넘치신다.
결혼해서 살다 보면 정으로 산다던데
엄마아빠는 여전히 사랑으로 산다고 하셨다.
오히려 엄마는 아빠를 처음 소개팅으로 만난 그 날에는
식당으로 들어오는 아빠를 보며 '저 사람만은 아니기를'이라고
생각하셨다고 한다.
그렇지만 결혼을 하고 함께 살아오시면서
엄마를 진심으로 사랑해 주시고 믿음을 주시는 아빠를 겪으시며
엄마는 아빠를 점점 더 사랑하게 되셨다고 하셨다.
지금은 주무시고 계신 아빠를 보시며 '너무 귀엽다'라며
사랑스러워 하시는 모습을 보여 주신다.
가끔은 두 분의 그런 모습이 너무 보기 좋아서,
그 모습이 너무 신기해서 그렇게 좋으시냐고 여쭈어 보면
해맑게 웃으시며 '응'이라고 대답하시곤 한다.
두 분의 사랑은 정말 영원할 수 있을 것 같다.
두 분처럼 함께하는 시간이 점점 더 많아질수록
서로가 더 좋아지는 그런 사랑을 할 수 있는 사람들은
정말 정말 행복한 사람, 복 받은 사람인 것 같다.
나도 이런 행복을 누릴 수 있는 그런 복 받은 사람이기를 바라본다.

더 멋진 사람이 되어 당신을 만날 수 있겠지?

나는 현재 남자친구가 없다.

어떤 때는 남자친구가 없는 것이 아쉽고 외롭기도 했다.

근데 한편으로는 내 인생이 하루하루 지나갈수록

성장하고 있고, 변화하고 있고,

그럼으로써 하루라도 더 지나서 남자친구를 사귀게 되면

하루 더 멋진 여자가 되어 있을 것이고

내 남자에게 더 멋진 여자친구가 되어 줄 수 있지 않을까 하는

생각이 들었다.

물론 상대도 더 많은 경험을 하고 더 멋진 사람으로

내 앞에 나타나겠지?

종종 엄마께 "미래의 내 반쪽은 지금 어디서 무얼 하고 있을까?"라고

장난으로 묻곤 했다.

그때 엄마의 대답은 "다른 여자를 만나고 같이 데이트하고 있겠지.

이벤트도 해 주고 그 여자 행복하게 해 주고 있겠지."였다.

나를 놀리려고 이런 대답을 하신 거지만,

저렇게 다른 여자친구를 만나고 좀 더 사랑을 배워서

나에게 온다면 더 좋겠지?

긍정의 힘으로 외로움을 이겨내며 기다려 본다.

내 반쪽과 만날 그 날을……

그러니 지금 애인이 없다고 절대 슬퍼하지 말자.

좀 더 멋진 사람이 되어 좀 더 멋진 사람을 만나기 위해

시간이 더 필요한 거 뿐이니!

감사한 사랑 !

사랑하는 사람에게 사랑을 줄 수 있다는 건,
사랑하는 사람에게 무언가를 해 줄 수 있다는 건,
정말 감사한 일인 것 같다.
나의 사랑으로 내 사람이 행복하고,
내 사람의 사랑으로 내가 행복한 그런 사랑!
그런 사랑은 정말 행복하고 감사한 사랑인 것 같다.

나도 이런 사랑을 할 수 있기를 꿈꿔 본다.

눈을 감고 상상해 본다 !

눈을 감고 상상해 본다.
조용하고 아늑한 시골집 평상에 앉아
사랑하는 사람과 혹은 사람들과 함께
수박을 잘라 먹기도 하고,
함께 맑은 공기도 즐기고,
평상에 누워서 밤에는 밝은 도시에서는 볼 수 없는
무수한 별들을 구경해 본다.
반짝반짝 빛나는 별이 너무나 예쁘다.

기분이 꿀꿀한 날이라면
이렇게 행복한 상상을 해 보자!
상상만으로도 기분이 훨씬 좋아진다.

좋아하는 것들이 비슷한 사람 !

좋아하는 것들이 비슷한 사람들을 만나고 싶다.
좋아하는 것들이 비슷한 친구, 그리고 남자친구를 만나고 싶다.
특히 사진을 좋아하는 친구들을 많이 사귀고 싶다.
함께 이곳저곳 다니며 예쁜 사진을 함께 찍고,
함께 추억할 수 있는 그런 친구들을 사귀고 싶다.

주변에 보면
이렇게 사진을 좋아하는 커플들,
그리고 사진을 좋아하는 친구들을 보면
너무나 부럽다.

좋아하는 걸 함께하다 보면 그만큼 더 빨리 친해지고,
함께하는 시간이 더 즐거운 거 같았다.

앞으로 살아가면서 어떤 사람들을 만나게 될지 모르겠지만
좋아하는 것들을 함께 할 수 있는 그런 사람들을 많이 만날 수 있기를
바라본다.

행복하게 해 주고 싶다 !

내가 보여 주고 싶던 공연을 누군가에게 보여 주고
그 사람이 함께 행복해하면 기분이 너무나 좋았다.

내가 보여주고 싶던 어떤 곳을 누군가에게 보여 주고
그 사람이 함께 행복해하면 기분이 너무나 좋았다.

내가 먹여 주고 싶던 무언가를 누군가에게 먹여 주고
그 사람이 맛있게 먹어 주면 기분이 너무나 좋았다.

그 순간을 함께 할 수 있다는 사실에 너무나 행복했다.
누군가를 행복하게 해 주었다는 사실에 너무나 행복했다.

내가 사랑하는 사람들을 앞으로도 행복하게 해 주고 싶다.

인스타그램: @ahheakim
이메일: ahheakimhappiness@naver.com
페이스북: www.facebook.com/ashleykim123